20週俳句入門

藤田湘子

角川文庫
23163

はじめに――この本を読む人に

20週、およそ五ヵ月である。

わずか五ヵ月の間に、0から出発して、まずまずの俳句が作れるようになってもらおう、というのである。無謀であり、俳句を怖れぬ仕業と言うほかない。

二十年、三十年ひたすら俳句を作りつづけてきた真摯な作者が、ときどきこんなことを言うのを耳にする。

「このごろ、俳句の奥深さが身に沁みて分かってきた」

「最近になって、ようやく自分の俳句が作れるようになった」

私も俳句歴四十五年を過ぎたけれど、いまだに「俳句が分かった」と思ってはいない。それなのに、たった五ヵ月で俳句が作れるように教えようとしている。まことに乱暴で矛盾した話だと、誰しも思うにちがいない。

だが、あえてそれを行おうというには、それなりの理由がある。

その第一は、「俳句が分かった」と胸を張って言えるような俳人は、過去に一人もいなかったし、これからも現れないだろうということ。芭蕉だって蕪村だって子規だって、「おれは俳句の奥儀をきわめた」なんて言ったことはないし、思ったこともないはずだ。私たちから見れば、相当に奥深い境地に到(いた)ったと思えるけれど、当の本人たちは「まだまだ到りつくしていない」と考えていたと思う。

つまり、俳句の奥深さはきわまりないもので、行けば行くほど際限なく奥また奥が見えてくるようになっている。私も俳句をはじめて五年、十年といった生意気ざかりのころには、「よし、これだ」としたり顔をしたようなことが何度かあったけれど、今ふりかえってみると、まったく無智な一人合点にすぎなかったようだ。あさはかな自惚(うぬぼ)れだったと反省している。俳句にかぎらず、およそ芸とか芸術と言われるものには、到達点というものがないと言っていいのである。

それだから、四十五年俳句を作りつづけてきた私が、「分かった」とまだ言えないのは当然なことでもあるわけだが、しかし、一方で、四十五年の蓄積もかなりのものになっている。少なくとも、十年、二十年の経験者よりは、

「どうしたら本格的な俳句が作れるようになるか」

「どういうふうに作れば早く上達するか」

という点で、教えてあげたいことをたくさんもっている自信がある。ことにここ十年余り、あちこちのカルチャー教室とかかわってきたので、まったく白紙ではじめた人を、どう手引きしていったらいいか、あるいは、初歩の人たちが横道に外(そ)れやすいの

はどういうところか、ということが、じつによく分かったのである。

そういったことどもを基にして、新しく俳句を作りはじめようという人、あるいは初学の人たちに、作句の土台作りの手を貸してやろうという思いを、私はずっともってきた。それを文字にして、誰にもよく理解できて、誰にもすぐ俳句が作れる本を書いてみたい、と考えていた。

第二の理由は、俳句を作る人の数は、今や八百万人とも一千万人とも言われているが、潜在的に「俳句を作ってみたい」とひそかに思っている人は、まだまだ多いということ。カルチャー教室花ざかりで、俳句の世界にもカルチャー教室出身で句集を世に問う人も出てきているが、そうした場を利用したくてもできない人がたくさんいる。そういう人たちのために、俳句入門書もいっぱい出ていて、私もすでに『新実作俳句入門』という一冊がある。けれど、

「もっともっと初歩の、俳句のイロハから教えてくれる本が欲しい」

という声がつよい。私の『新実作俳句入門』は、主として作句歴二、三年から五、六年の人を対象にしたから、イロハのイから教えようとした本ではない。したがって、「もっと初歩の……」という声をたびたび聞くうちに、第一の理由が頭をもたげ、私にこの本を書く決意をうながしたのであった。

以上が本書執筆の動機である。そして、それを20週でやろうときめたのは、「そこ

そこの俳句が作れるようになるまで」という目標を設定したからだ。
まえにも言ったように、俳句の奥はかぎりなく深い。その深さを追っかけていたら、イロハのイから教えることがおろそかになる。深さのほうには目をつむって、とにかくイロハだ、と肚をくったのである。そういうわけで、説明はなるべく「分かりやすく」するよう心がけたが、「狙いはかなり高度のところ」を目ざしているつもりである。これは、やがて、もっと先へすすもうとする欲が出てきたとき、きっと役に立つはずだ、という私の老婆心に発している。

ともあれ、この本は「藤田湘子流早期養成法」とも言うべき内容であるが、これの実地検証はすでにいくつかのカルチャー教室で証明済み。効果は確認している。それだから、本書を読むあなたも、私の説くところをしっかり読み、忠実に実践してもらいたい。「しっかり読む」「忠実に実践」が、20週で仕上げる大きな柱である。

最後に、それではどのように読めばいいか、を説明しておこう。

①まずはじめに、全篇を通読する。これは、この本で私が何を教えようとしているかを、あらかじめ知っておいてもらうためだから、さらりと読むていどでよい。

②次に一週ずつしっかりと読んで、俳句を作る週には、ちゃんと自分で作る。「自分で作る」ことを怠ったら、本書を読む意味はまったく失われることをお忘

れなく。

③ 自信のある人は一週を七日とかぎらなくてもいい。一週を五日あるいは三日に短縮して消化してもかまわない。また、第7週までは三日でこなし、第8週以後は七日、十日使うという方法でもさしつかえない。

④ ③とは反対に、一週に十日、半月かけるというゆっくり型でもいい。つまり、20週という看板にかかわりなく、自分の力に応じて、一週一週じっくりと身につけてもらいたい。

⑤ 各週の末尾にある〈今週の暗誦句〉は、明治・大正・昭和の代表的な俳人の代表句が挙げてある。これは文字どおり暗誦し、確実に記憶しなければならない（作者名も含めて）。記憶が完全でない場合は、次週へすすんではならない。このことを固く禁じておきます。

　また、暗誦句の解釈や鑑賞にはこだわらぬこと。20週が終るころには、ちゃんと自分なりの鑑賞ができるようになるはずだから、ただひたすら暗誦し、記憶にとどめること。

以上をしっかり心において、一歩一歩すすんでいかれることを期待する。

目次

実作編

準備編

第1週
自分のために

＊はじめる前に
＊自然とのかかわり合い
＊自分を見失わない

はじめる前に

「俳句を作る」
「絵を描く」
「書道に入門する」

どれを選ぶにしても、至極簡単なようである。絵を描くにしろ書を習うにしろ、そのための絵の具や墨や筆などをひととおり揃えれば、今からでもすぐはじめられるだろうし、俳句だったら紙と鉛筆があれば早速スタートできそうに思う。いや、紙や鉛筆がなくても、器用な人だったら頭の中で、たちまち五・七・五の言葉を並べて、それらしきものを作ることが可能だろう。

ただ手すさびに「ちょっとやってみる」というなら、それでいいかもしれない。けれども20週間かけて「俳句を作る」ための勉強をするとなると、スタートする前に、それなりに心構えを固めておく必要がある。しかも、「はじめに」で言ったように、俳句の奥は深い。行けども行けども到達点の見えぬ文芸であるから、20週間だけで終って、「これで事足れり」というわけにはいかない。20週近くなると、ちょうど「俳句を作る」ことの面白さ、楽しさを感じはじめるころだから、大方の読者が「もっとさきへ行ってみたい」と思うにちがいない。

もっと言えば、これも「はじめに」でふれたけれど、本書の目的は俳句作りのイロハを教えることである。だから、本書を完全にマスターしたとしても、「俳句を作る」ことの最初の門を開けたところに立った、というあたりである。私の希望を述べるならば、本書を足がかりにして、もっともっと俳句に深入りし、さらにすすんで「俳句を作る」大きなよろこびを知ってもらいたい、そう念じているわけである。

自然とのかかわり合い

俳句にかぎらず、絵でも書でも、あるいは舞踊、華道、茶道といった分野にあっても、習得（しゅうとく）ということが何よりも大切。自分が実践して、その積みかさねの末に何かを感じとる。目がひらけてくる。それを何回もくり返してだんだんと上達していくのである。したがって、どの分野でも五年、十年の経験者はまだ駆（か）けだし、二十年、三十年たってどうやら一人まえの顔ができるというものである。

それだから、あなたもたった20週の経験で「俳句が分かった」などと思ってはいけない。今、「もっと深入りして」と私は言ったけれど、「俳句を作る」ことを、一時の腰掛けではなく、このさい一生の仕事として臍を固めてもらいたいと思う。「一生の仕事」などと言うと大仰で、「いやぁ参ったなぁ」と思うかもしれないが、「俳句を作る」ことの面白さ、たのしさが分かってくると、一年、二年はあっという間に過ぎてゆくものです。俳句は自然とかかわり合っているから、四季それぞれの微妙な変化に心が向くようになる。

「そいつはまずい。わたしは草や木の名をまったく知らないし、鳥ときたら雀と烏しか分からないんだから……」

今そう思っているあなたでも、なあに三年も作句をつづけてごらんなさい。けっこう草の名、木の名を覚えることができて、新しい知識を得、新しい世界を見ることができるようになる。こうやって偉そうに言っている私も、十六歳で俳句をはじめたころは、草木の名が皆目分からなかった。

畦塗のひそかに居りぬ朴の花　水原秋桜子

いちはつの花すぎにける屋根並ぶ

をだまきや山家の雨の俄かなる

私の先生の作だが、「朴の花」も「いちはつの花」「おだまきの花」みんな分からない。花の名が分からなければ、これらの句のまともな鑑賞もできるはずがない。困りました。でもよくしたもので、二、三年のうちにしぜんに覚えてしまった。そればかりでなく、朴の花は今私の一番好きな花となって、この亭々たる木がわが家の狭い庭の一隅にそびえ、春夏秋冬それぞれに私を慰めてくれている。

そんなわけで、木の名、草の名はだんだんと覚えてくるから大丈夫。そうなると春さきは春さきで、秋ぐちは秋ぐちで、草木のちょっとした変化にも、「おやッ」と思ったり、「ああ、いいなァ」と感ずるようになる。自然はまぎれもなく生きてうごいているから、その中から何かを発見するよろこびも、またかぎりがないんですね。それだから、一年はアッという間。しかも精神的にひじょうに充実した一年を過ごすことができて、五年と言い十年と言っても、けっして永い歳月とは思えなくなってくる。

横道にそれかかったけれど、私の言いたいことは、「一生の仕事」では荷が重いというなら、せめて十年は「俳句を作る」と肚をくくってもらいたい、ということ。それでないと、本書の理解度や、次章ではじまる実作の訓練の場合でも気合いがはいらない。どうせやるなら、それなりに身を入れてやろう、と決意しようじゃないか。

自分を見失わない

さて、そうときまったら、ここでしっかり胸にたたみこまなくてはならないことは、「なんのために俳句を作るのか」ということ。これをよく見きわめておくことだ。それを考えてみよう。

あなたは、この本を手にしたとき、「俳句を作ってみようか」という気持ちをいだいていた。その気持ちがすこしずつはっきりしてきて、今は「俳句を作る」方向で固まりつつあると思う。それもツマミ食いのような作り方で終るんじゃなくて、少なくとも十年くらいはやってみようか、と思いはじめている。

そうなってきた過程をふりかえってみると、そのこと、つまり「俳句を作る」ときめるまでに到ったのは、あなた自身の判断と決断によっている。誰に相談したわけでもなく、また誰からか尻押しされてきめたわけじゃない。ここのところを忘れないでもらいたい。

そしてまた、そういうことになった動機を考えてみると、いろいろ個人差はあるだろうが、たぶん、

・昔から文芸に興味があったが、仕事や子育ても終ったので、老後の趣味としてやりたい。

・今、俳句はたいへん流行しているようだから、なんとなく自分も作ってみようと

思った。

・友人、知己、上司、同僚に俳句を作る人がいて、とても楽しそうだから、自分もやってみたくなった。

・何か一つ、自分の表現欲を充たしてくれるものが欲しかったが、俳句はちょうど手頃だから。

といった理由のどれか一つではないだろうか。もっと特殊な動機の人もいるかと思うが、おおよその人はこの四項のいずれかであるはず。

そこでこの四項に共通する点が何かないか見てみると、一つはっきりしたことがある。それは、

「自分のために」

ということだ。親族や友人、知己、上司、同僚その他もろもろの他人のために「俳句を作る」のではない。あくまでも「自分のために」これから句作をはじめようとしている。くどいようだけれど、ここは大事なところだからくり返すが、今まで言ったことを要約すると、あなたは「自分のために」「俳句を作る」という行為を、「自分で選んだ」ということになる。

なぜ、こんなに念を押すのか。そう思っている読者もいるでしょうが、まあ、慌てずによく読んで下さい。私がくどくどと言うにはそれなりの理由がある。それは、何

年か俳句を作りつづけていると、いつの間にか「自分のために」ということを忘れてしまう人が多い、という事実があるからです。「そんなバカな」と思うでしょうが、ホントなんです。

その原因を詳述すればいいのだが、本書を読んでいくうちにだんだんと分かってくるはずだから、ここでは簡単にしるしておく。それにはまず、あなたがこれからさき、どういう作句の道をすすむかということを予測しなければならない。その道は三つに岐れている。

①作った俳句はどこにも発表せず、日記がわりにして記録しておく。

②新聞・雑誌の俳句欄やテレビの募集に応じて入選を目ざす。

③専門の俳句雑誌に所属して句境を深めたい。

どの道を行こうが、ここでも選ぶのはあなた。私は今はイロハを教えるだけだ。けれども、この、②と③の道を行く人が注意しないといけないのが、「自分のために」を忘れることがしばしばある、ということです。

②と③の場合、どちらにも選者と称する俳人がいる。この選者が、投稿されたたくさんの俳句の中から、「佳し」と思う俳句を選ぶ作業を行っているのだが、新聞でも俳句雑誌でもその規模が大きければ大きいほど、入選の確率は低くなる。だから、初学のころはなかなか自分の作品が選ばれない。選ばれたとしても、はじめのうちは上

位に行くことはほとんどない。何回も何回もそうしたことがくり返される。するとどうなるか。ここが微妙なところだけれど、投稿する人の側に、自分を忘れた俳句作りが見られるようになってくる。裏をかえせば、入選したいがために、選者の好むような素材や表現をしようとする邪念がはたらいて、「自分の俳句」でなくなってくる。つまり「自分のために」ではなく、選者の傾向に合わせるための俳句作りになってしまうわけですね。こうなったらもう一巻の終り。十年やろうが二十年やろうがなんの稔りもない作句生活になってしまう。げんにそうやって、いたずらに作句歴のみを累ねている俳人がたくさんいるのです。

また、そうした投稿を目的とするしないにかかわらず、自分の眼で対象を見、自分の感動を忠実に表現することを忘れてしまう人も少なくない。すこし俳句の作り方が分かってくると、いかにも俳句らしく作ろうとして、対象の見方とらえ方から用語まで、すべて既成の俳句に合わせようとしてしまう。極端に言えば、芭蕉の風雅を気どったり、一茶の滑稽に似せたりするのである。そういう作り方は、形は俳句の姿をしていても「自分の俳句」ではない。これではなんのために俳句を作るのか分からなくなってしまう。

本書の読者には、ぜひそうなってもらいたくない。だからくどくどと「自分のために」を強調しているわけだが、そうならないためにはどうしたらいいかと言うと、た

だひたすら、

「自分の俳句を作る」

ことを心がけることです。まだ一句も作っていないのに、自分の俳句を作れと言われても戸惑うだろうが、今週は「俳句を作る」ための肚をきめることが目的。「自分の俳句を作る」方法はおいおい説明するつもりだから、今はひたすら、

「自分のために」

「自分の俳句を作る」

ということを、心に刻みこんでおいてもらいたい。

◎今週の暗誦句

遠山に日の当りたる枯野かな
桐一葉日当りながら落ちにけり
一つ根に離れ浮く葉や春の水
鎌倉を驚かしたる余寒あり

高浜虚子
（明治7年〜昭和34年）

（注）

①「とおやまに・ひのあたりたる・かれのかな・きょし」というように、五音・七音・五音を軽く区切って読む。
②朗々と声をあげて読む。そして作者名も一緒に記憶する。
③全部の俳句を確実に暗誦できぬうちは、次週へすすまぬこと。

第2週

作句の必需品

*これだけは揃えよう
*歳時記
*句　帖
*国語辞典・その他

これだけは揃えよう

第1週で「俳句を作る」行為にはいる前の、あなたの心構えはできたと思う。心構えはできても、じっさいに俳句を作る（以下、実作という言葉を使います）作業にすぐはいっていくわけにはいきません。その前に実作にあたって、どうしても欠かせないものを、手もとに揃える必要がある。

・歳時記
・俳句手帳（句帖）
・国語辞典、およびその他の辞典類

先週、私は「紙と鉛筆があれば」すぐ俳句を作れるようなことを言ったけれど、あれはたとえばの話。本格的に作りはじめるとなると、少なくとも右の三点は常時机辺に置くか、携行するようにしなくてはいけない。それではどんな種類のものを用意したらいいか、次に私の参考意見を述べておこう。

歳時記

俳句は「季節の詩」などと言われるように、四季の移りかわりと密接な関係のうえに成り立っている。詳しいことは後述するけれど、その四季を表す時候、天文、地理、人事、宗教、動物、植物などの言葉（季語）を集め、解説し、いくつかの例句（その季語を用いて作った俳句）を収めたものが歳時記である。

たとえば、初心者向きに編集された『入門歳時記』をひらいて、「春」の部を見ると、「立春」につづいて「寒明」の季語が載っている。そこを引用させてもらう。

寒明　寒明ける　寒の明

解説　寒の期間が終わって立春になるが、その寒の明けることをいう。二月の四日か五日、立春と同じであるが、季語として寒の続きの気持ちが強い。

川波の手がひらひらと寒明くる　飯田蛇笏
或る家で猫に慕はれ寒明くる　秋元不死男
寒明けや雨が濡らせる小松原　安住敦

寒明や横に坐りて妻の膝　草間時彦
寒明けの波止場に磨く旅の靴　沢木欣一

最後の句には〔鑑賞〕がついているのだが省略した。また一般に『歳時記』の解説は長短さまざまで、民俗学、動植物学その他の専門家の、懇切な解説がある歳時記もある。

また、『歳時記』の解説を簡単にし、例句も一、二句にとどめて携帯に便利なように編集された『季寄せ』と呼ばれるものもある。これは『歳時記』と併用したらいいと思う。

それでは入手しやすくて、わりあい大勢の俳人が利用している『歳時記』『季寄せ』を次に紹介しておこう。

・小型のもの

『俳句歳時記』　全五冊（角川ソフィア文庫）＊全一巻合本版もある

『今はじめる人のための俳句歳時記』　全一冊（角川ソフィア文庫）

『新歳時記』　全五冊（河出文庫）

『現代俳句歳時記』 全五冊（角川春樹事務所）＊全一巻合本版もある
『必携季寄せ』 全一冊（KADOKAWA）
『季寄せ』 全一冊（NHK出版）
『季寄せ』 全一冊（角川春樹事務所）
『季寄せ』 全一冊（明治書院）
『季寄せ』 全一冊（三省堂）
『ホトトギス季寄せ』 全一冊（三省堂）

・中型のもの

『最新俳句歳時記』 全五冊（文藝春秋）
『新撰俳句歳時記』 全一冊（明治書院）
『現代俳句歳時記』 全二冊（実業之日本社）
『新歳時記』 全一冊（三省堂）
『ホトトギス新歳時記』 全一冊（三省堂）
『俳句小歳時記』 全一冊（大泉書店）
『新版・俳句歳時記』 全一冊（雄山閣）
『ハンディ版 入門歳時記』 全一冊（KADOKAWA）

『基本季語五〇〇選』　全一冊（講談社学術文庫）

・**大型のもの**

『角川俳句大歳時記』　全五冊（KADOKAWA）

『カラー版新日本大歳時記』　全五冊（講談社）

『カラー版新日本大歳時記　愛蔵版』　全一冊（講談社）

まだいくつかある。書店で手にとって見て、自分で理解しやすいと思ったものを選ぶとよいだろう。

さて、この中からどれを選べばいいか。読者に「自分でいいと思ったものを」と言っても、今はイロハのイにもなってない段階だから、良い悪いが分かるはずがない。さりとて私が、「これがいい」と指定することもいささかさしさわりがある。が、ここはそれを承知で推薦しないと不親切のそしりをまぬかれないから、あえて言うことにする。

まず、小型のものでは『俳句歳時記』（角川ソフィア文庫）と高浜虚子編の『季寄せ』（三省堂）の二冊。中型では『最新俳句歳時記』（文藝春秋）と『ハンディ版　入門歳時記』（KADOKAWA）。小型と中型とを一冊ずつもっていて、小型は外出用、中型は自宅用というふうに使い分けるといい。『歳時記』がいかに大事なものかということは次週で述べるが、一年二年たって、別の『歳時記』のほうが使いやすそうだと思ったら、ためらわずそれを買えばいい。『歳時記』にはそれぞれ一長一短があって、じつはどれが最良最高と断定できないところがあるから、十年くらいの経験者は、たいてい数種類の『歳時記』を座右においているのがふつうだ。そういったことも一応参考に。なお、文庫本ながら山本健吉の『基本季語五〇〇選』はひじょうに広範な知識の得られる一冊。座右においてすこしずつ味わってみることをおすすめする。

大型の『歳時記』は大型なりの特長があって、読みかつ写真で楽しむということもできるけれど、今すぐ買わないといけない、というものではない。高価でもあるから、不時の収入があったようなときに買い求めたらいいだろう。

句帖

俳句になる材料はどこにでもある。

歩いていて何か閃(ひらめ)くときもあるし、駅で電車を待っているあいだに「これだ」と感ずることもある。旅行などすれば、それこそ無数の「これだ」にめぐり合う。

もちろん日常の起居(たちい)の中からも、作者の心がけしだいで、無尽蔵(むじんぞう)の詩因(しいん)を探ることも可能だし、大切なことでもある。

そうやってできた俳句や、まだ俳句の体(てい)をなさぬ七音とか、五音・七音、あるいは七音・五音といったフレーズを、忘れぬようにすぐ書きとめておく手帳（句帖）が必要である。

私は、以前、戦中派のある主婦が、新聞にはいってくるチラシ広告の裏を利用して、句帖がわりにしているのを見たことがある。物資欠乏の時代に育って、廃品をうまく利用しようとするその心情、いじましくも健気であると思うけれど、自分が苦労して作った俳句である。ある意味では自分の貴重な生活記録である。それを書き残しておくのがチラシ広告の裏というのでは、なんともわびしい。せめて俳句専用の手帳を一冊もつようにしたい。

それでは、どんな句帖がいいか。

私の見聞したところでは、大都市の大きな書店・文房具店では、「俳句手帖」と表紙に印刷した手帳がかなり出まわっている。中には和綴のしゃれたものもあるが、そういった中から自分の好み、使いやすさを考えて利用するといいだろう。

そういう「俳句手帖」が見つからぬ場合は、ふつうの市販の手帳でさしつかえない。ただし、次のことを心得ておきたい。

① なるべく堅牢な出来のものがいい。チャチな製本だと、使っているうちに、表紙がほつれたり、綴がゆるくなったりして、長く使えぬし、保存にも不便である。

② 中の罫はタテ罫のものがよい。ヨコ罫で作品をヨコ書きにするのはいけない。

タテ罫の手帳がなければ白紙でも便利だし、場合によっては方眼（ほうがん）罫のものをタテ罫がわりに使う方法もある。

ここでヨコ罫はいけないと言ったのは、俳句はあくまでも「タテ書きの詩」だからである。現代はどちらかというとヨコ書き時代で、若い人たちはなんでもヨコ書きにする。げんに私たちのグループにも、大学ノートに俳句をヨコ書きしている若い人が、かなりいる。そういうのを見ると、「俳句はタテ書きにするものだ」と教えてやるのだが、永年の習慣で、なかなかタテ書きにあらたまらぬ人もいるようだ。

しかし、俳句はタテ書きにして味わったとき、ほんとうのよろしさが分かってくる。上から下へ読み下したとき、文字の後ろにかくれた作者の思いが伝わってくる。「俳句はタテ書きの文学である」。私はそう信じてうたがわない。

どうか読者のみなさんも、はじめからタテ書きにすることをきっちり守って下さい。

句帖とは別に、自分の作品を整理してのこすための、B6判とかA5判のノートをもつことをおすすめする。これは文具店などに「文集」という形で売っているのがあるし、また年末には、原稿用紙を綴（つづ）ったような「自由日記」も売り出される。あれで結構。

どういうふうに利用するかというと、自分の作った俳句にも出来、不出来がある。自分の眼で判断して、「これはそこそこの句だ」とか「かなりうまくできた」と思われる作品を、句帖からこっちのほうへ書き移すのだ。そのさい制作年月も一緒にしるしておくとよい。一年たち二年たちしてそれを読みかえしてみると、「あのときはいいと思った俳句だが、なんと幼稚だったことか」と必ず思うだろう。そう、自分の進歩したことを、それで確認できるわけだが、そうした拙い作品でも、自分が孜々として作句した足跡だと思うと、なんとも言えぬ愛着を感じるものである。すなわちそこに、ささやかな「自分史」を見いだすことができるのです。

これにはもう一つの効果がある。自分の俳句を自分が選ぶということだ。これを自選といっているが、自選をしっかりするには、自分の作品をクールな眼で見なければならないわけだけれど、クールな眼を保つことはなかなかむつかしいんです。どうしても欲目であまくなりがちだ。したがって、相当な実力ある俳人でも、自選の下手な人がいるが、自分の俳句をクールな眼で見ることは、自分自身をクールな眼で見ることにつながっていくわけで、いい俳句を作るための大切な一要素。だから、自選の下手な俳人は、決定的に秀れた俳句を成すことはできない、とも言える。

心ある読者はクールな眼を養うため、ぜひ実行して欲しい。

国語辞典・その他

あらためて言うまでもないことだが、俳句は言葉によって表現する。たった一つの短い言葉が、一句全体の成否を大きく支配することがしばしばある。それだから、自分が俳句を作る場合も、また誰かの俳句を鑑賞する場合も、言葉の一つ一つに敏感でなければいけないし、言葉を正確に使うことを心がける必要がある。

そういった意味で、俳句作者たるもの、必ず自分専用の国語辞典を座右においておくべきである。まあ、これは常識でしょうね。ところが不思議なことに、初学の人で「国語辞典は必要があれば息子のを見ることにしている」とか、「辞典は家族みんなで共用です」なんて言う人がいる。これはいけない。ぜったいに自分だけの辞典をもつ。そして、ちょっとアイマイな感じのときは、書くときも読むときもマメに辞典をひらいて、その意味を確かめるようにする。それを怠って、いいかげんな誤字、当て字で書いたり、およその見当で用いたりしたら、とうてい心にのこる「自分史」を綴ることはできない。

ある意味では、『歳時記』以上に辞典と親しむことが大事なんです。

国語辞典の種類は豊富で、これは書店に行けばたくさん並んでいる。どれといった指定はしないから、自分で選んで下さい。ただし、語彙の少ないものや、現代語だけのものは駄目。できれば、あるていど古語も収録してあるものがいい。参考までに言うと、私はふだん『新潮国語辞典――現代語・古語』を使っている。ほかに大辞典や古語辞典の類もあるけれど、ふだんはこれ一冊でたいてい用が足りている。

国語辞典のほかに漢和辞典も用意しておきたい。これは中辞典ぐらいのもので結構。俳句は常用漢字以外の漢字を使うことがしばしばあるから、見馴れぬ漢字にときどきぶつかる。そういうときもマメに辞典をひいて確かめるようにしたい。「またか……」と思うと面倒だが、頭の体操と思えば、辞書をひくこともまた楽し、ということになる。

以上を揃えておくことは、俳句作りの基礎準備である。準備というより必需品と言うべきもの。ここで手を抜いて、「まあいいだろう」などとタカをくくったら、あなたはすでに「俳句を作る」資格はない。今週のうちに全部用意しておかぬと、次週へはすすめません。

◎今週の暗誦句

春寒やぶつかり歩く盲犬　　村上鬼城
（慶応元年～昭和13年）

残雪やごうごうと吹く松の風

冬蜂の死にどころなく歩きけり

けふの月馬も夜道を好みけり

第３週
『歳時記』と親しむ

＊『歳時記』のしくみ
＊美しい詩語
＊季語の大きな力

『歳時記』のしくみ

「『歳時記』というものをはじめて知った」

感心したようにそう言う人が、意外に多い。カルチャー教室で前週のような話をしたら、早速購入して読んで、

「新しい世界がひらけた気分です」

と言った人もいる。『歳時記』は俳句を作らぬ人たちのあいだでも、かなり広汎に読まれているように私は感じていたのだが、そうでもないらしい。

あなたはどうだったろうか。

『歳時記』の成り立ちをここで詳細に述べたとしても、ちょっとややこしくなるばかりだから控えるが、俳諧史にこの原型が現れたときから、三百年を超える歴史がある。その三百余年のあいだ、『歳時記』に収録された季語は、大勢の作者によって磨

きあげられた、と言っていいだろう。あるいは、多数の作者の好尚の波をくぐって生きてきた詩語、とも言える。

その一方で、『歳時記』は新しい季語をふやしつづけてきた。芭蕉は「季節（季語）の一つも探り出したらんは後世によき賜」と言ったけれど、時代の変遷による生活様式の変化も手つだって、今や季語は飽満状態。その数六千とも八千とも言われているが、正確な数は摑めていない。いや、摑めないと言うほうが正しい。

どうしてか。

一番分かりやすい例が植物だ。ある『歳時記』の秋の部には、「ジンジャーの花」「仙翁花」「磯菊」といった植物が収録してあるが、別のある『歳時記』には全部抜けている。たとえば、私が推薦した『最新俳句歳時記』（文藝春秋）にはこの三つの花はいっているが、『ハンディ版　入門歳時記』（ＫＡＤＯＫＡＷＡ）にはない。こういうことが起こるのは、両書の編集方針の相違が原因になっている。『最新俳句歳時記』は幅広くたくさんの季語を集めて載せようという方針だが、『ハンディ版　入門歳時記』のほうは、初心者向きに使用頻度の高い季語だけを集めて、ふだんの生活に馴染みのうすいのは除外してある。

これはかなり極端な例だけれど、最近のように外来種の草花などが一般に普及してくると、どこまで『歳時記』に入れて季語としての市民権を与えるかの判断が、ずいぶんむつかしくなってくる。この判断は、『歳時記』の監修者とか編纂者がするわけだが、監修者・編纂者はそれぞれ異なるから、小さな差異が生じてくるわけである。こういった差異は、植物のほかにも宗教、動物といった部門に生ずることが多い。

「そうすると、季語に全幅の信頼がおけないのではないか」

と心配する向きがあるかもしれないが、心配ご無用。なぜならば、そういった差異が出てくるのはすべて新しい季語か、または今は用いられぬきわめて古い季語であって、私のいう「磨きあげられた」季語、どうしても外してはならぬ季語は、いずれの『歳時記』にもちゃんとはいっている。大切な季語の脱落している『歳時記』は、まずありえない。安心していい。

そんなわけで、正確な季語の数を摑むということは不可能に近いのだが、しかし、かぎりなく増えつづける季語的なものを、無制限に季語として採用していいのかどうか、そういう疑問を私はいだいている、ということも付記しておこう。

美しい詩語

話がちょっと面倒なことになったけれど、季語が固定したものではなく、やはり時代とともに増減していることを知ってもらいたかった。つまり、季語も私たちの日常の中に生きていることを、頭に入れておいて欲しかったわけだ。

そのようないくばくかの問題はあるが、『歳時記』が美しい詩語の宝庫であることはまちがいない。

このような美しい詩語＝季語は、それでは俳句の中でどのようなはたらきをするのか。それを説明するまえに、まず次の文章を読んでもらいたい。これは丁寧な鑑賞ということでは随一だった水原秋桜子の『近代の秀句』（朝日選書）から拝借した。

愁あり歩き慰む蝶の昼　松本たかし

解釈 なにか心にかかる事があって四五日引きこもっていた。窓外は麗らかな日和で、道ゆく人々の話し声さえ楽しげにきこえる。すこし歩いてみたら気も晴れるだろうと思って作者も外へ出てみた。丘には真盛りの椿が風にかがやき、道辺には蒲公英が咲き、菫も咲きまじっている。蝶が二つ三つ、作者の後になり先になりして飛んでゆく。その影がはっきり地にうつるのを見ると、時刻は正午をすぎた頃なのだが、作者はまだ食事をすることも忘れていたのだ。

しかし、歩いているうちに心も次第に軽くなっていった。家々の垣には、はや木の芽が伸び、連翹の咲く庭からは、鞦韆（ブランコのこと）の軋りがきこえたりする。こうして半時ほど経て家に帰った気持は決して暗くなかった。門辺にいた犬がなつかしげに尾を振りつつ、身体をよせて来た。

批評　「蝶の昼」は「蝶のとぶ昼間」の意味で、俳句独特の省略である。

この句、表現が実に緻密で間然するところがない。「愁あり」とはじめに置いたところなど、実に大胆であるが「蝶の昼」がしかと全体を抑えているので破綻もなく、新鮮な感じをおこさせる。「歩き慰む」もまた簡にして要を得ている。

痒いところへ手のとどくような、じつに懇切丁寧な解釈（鑑賞）であり批評であるが、けっして鑑賞過剰ではない。秀れた作品を秀れた俳人が読めば、このくらいの連想の翼をひろげ、季節のいとなみのあれこれを次から次へ想像するのは、いわば当然のことなのである。「蝶」という一つの季語から、椿、蒲公英、菫、木の芽、連翹といった草木（いずれも春の季語）を連想し、庭にある鞦韆（ブランコ＝春季）までその翼の中にはいってくる。春のはなやかな昼の風趣があふれるようだ。

そして、もう一つ注目してもらいたいのは「『蝶の昼』がしかと全体を抑えている」というところ。この季語が据わっていることによって、一句に乱れがなく安定感があることを言っているのだが、さきの季節感、連想力と相まって、この季語の果たしている一句の据わりのよろしさということは、いみじくも季語のもつ役割のすべてを言い表している。

季語の大きな力

季語には、三つの重要なはたらきがある。それは、

① 季節感
② 連想力
③ 安定感

である。これらのはたらきの素晴らしさは、私が説明するまでもなく、すでに秋桜子の鑑賞によって納得できたと思う。

(注)『近代の秀句』は、初学の人にとって、俳句のあれこれを知るうえで好適の鑑賞書である。私も若いころ、この本によってたくさんの知識を得た。一読をおすすめしたい。

季語にはこうした大きな力がある。それだから、わずか十七音という短い形式でも、毅然として立っているのだ。あなたが俳句を作るときも、こうした季語の力を信じ、大いに利用することを考えなければいけない。そのために、季語の意味や性格をよく知っておく必要があるわけだが、それには『歳時記』を終始もち歩いて、暇を見ては頁をひらいて読むことが大切。もっと言えば、『歳時記』が自分の生活の中にしっかり根を下ろすくらいに、馴れ親しむようにならなければいけない。

私は、まわりの人たちに、

「最初に買った歳時記は、早くボロボロにしてしまえ」と言っている。一冊の『歳時記』がボロボロになるほど読まないと、季語それぞれのもつ味が分からない。いや、それでも「分かった」とは言えぬだろう。季語一つとってもなかなか奥が深いのである。

『歳時記』と親しむことによって得るもう一つの効果に、むつかしい読みの漢字を知る、ということがある。

さきの秋桜子の文章にも、蒲公英、菫、連翹、鞦韆などが出てきたけれど、ふだんこういった文字を見ることはまれだから、はじめて見る人には戸惑いがあったろう。ところが『歳時記』にはこのテの文字がしきりに出てくる。

「俳句をやりたいがむつかしいので……」

と、二の足を踏んでいる人がいるけれども、そういう「むつかしい」は、たいてい『歳時記』の中の読めない漢字に起因するためらいのようである。あなたも、『歳時記』を手にしたとき、

「こんなむつかしい字を覚えるのはたいへんだ」

と思ったかもしれない。でも、案ずるより産むがやすし、しぜんしぜんに覚えてしまうものです。三年もたてば漢字博士などと言われるようになるかも分からない。これも『歳時記』から得る大きな効用の一つだと思う。

きょうから、どこへ行くにも『歳時記』を離さぬことを心がけよう。

◎今週の暗誦句

かりそめに燈籠おくや草の中

鈴おとのかすかにひびく日傘かな

をりとりてはらりとおもきすすきかな

秋たつや川瀬にまじる風の音

飯田　蛇笏（明治18年〜昭和37年）

第４週

表記と雅号

＊実作の前に
＊表記のたてまえ
＊雅号のつけ方

実作の前に

「心構え」もできた。『歳時記』も句帖も辞典類もととのえた。言われたとおり『歳時記』ともかなり馴染（なじ）んできた。さあ、そうなると早く俳句を作りたい。そう意気ごむ気持ちも分かるけれど、その前にまだいくつかの予備知識が必要だ。

なんといっても俳句は、芭蕉の時代からでも三百年の歴史がある。そういう形式がこんにちまで生きのこり、生きのこっているばかりか、こんな慌（あわ）ただしい時代に大いにウケているわけだから、三百年という古い殻（から）と、新しい時代の波とのギャップが、当然のことながら、ある。そのことを知っておきたい。

その第一は、俳句の表記だ。「表記」を私の使っている辞書で見ると、㊀ 表面にしるすこと。㊁ 表しるすこと。㊂ 文字で書くこと。書き表すこと。とあるけれど、ここでいうのは㊁と㊂の意味、とくに「書き表すこと」である。

紺絣春月重く出でしかな　飯田龍太
抱く吾子も梅雨の重みといふべしや
新米といふよろこびのかすかなり
除夜の妻白鳥のごと湯浴みをり　森澄雄
大阪やけふよく晴れてうめもどき
妻がゐて夜長を言へりさう思ふ

ここに挙げたのは、現代を代表する二俳人のよく知られた作品。どちらの作家も、原則として文語表現で、歴史的仮名づかいを用いている。原則として、とことわったのは、ごくまれに口語的表現を使うことがなきにしもあらず、だからだが、歴史的仮名づかいを用いる態度は、一貫して崩していない。この二作家ばかりでなく、本書の〈今週の暗誦句〉に挙げているのは、明治・大正・昭和を代表する作家の代表作だが、いずれも文語表現、歴史的仮名づかいで書かれている。そして、こんにち、われわれに名句・名作として残された俳句は、芭蕉以来ずっとこの表記に拠っているし、現代にあっても、代表的俳人のほとんどは、同じ表記法を踏襲している。

私も、文章は新仮名づかいで書いているが、俳句作品の場合は必ず歴史的仮名づか言っていいのかどうか、問題がある。そのへんをすこし考えてみることにしよう。

いにする。けれども、これから俳句を作ろうというあなたに、私と同じようにしろと

表記のたてまえ

その前に、私が主宰し発行している俳句雑誌「鷹（たか）」の例をお話しすると、表記法についていては、個人個人の自由な選択（せんたく）にまかせてある。と言うといささか無責任のようだけれど、自由選択といえども、おのずからキメはある。それを分かりやすく箇条書きにしてみると、こんなぐあいである。

①　文語表現、口語表現のどちらを使ってもさしつかえない。一人の作者が、あるときは文語表現の俳句を作り、あるときは口語表現の俳句を作る、ということがあってもかまわない。

　また、たまたま一句の中に、文語と口語が雑（まじ）り合っていた場合でも、それが表現上「どうしてもそうあらねばならぬ」ように作られているならば、それでもさしつかえない。

②　歴史的仮名づかいと新仮名づかいは、どちらか一方にハッキリきめておく。ある句は歴史的仮名づかいで書き、別の句は新仮名づかいで書くという混用はダメ。まして、一句の中に両方の仮名づかいが雑（まざ）るなんてことは、「もってのほか」で

ある。

③したがって、歴史的仮名づかいで表記するときめたならば、口語表現の俳句でもそうしなければいけない。同様に、新仮名づかいときめた作者は、文語表現でもそれで押し通さなければいけない。

以上のような原則でやっている。それだから、

乞食に僧が道問ふ春の暮　上村慶次
白鳥の頸ほどけきてかうと啼く　市川葉
夜学生いくさの歌を知つてをり　新延拳

といった歴史的仮名づかいの俳句もあれば、

冬の灯の下に赤子の覚めており　安東洋子
ふぐと汁先に酔われてしまいけり　大庭紫逢
腑分けして大熊負えり麓の灯　佐藤潤

のような新仮名づかいの俳句もある。俳句雑誌によっては、「歴史的仮名づかいで書かなければいけない」としているところもあるが、私の「鷹」ではそうキツく制約していない。しかし、作品の校正やなにやらで、ややっこしいことは確かです。

では、なんで、そんなややっこしいことを許容しているのか、と思うでしょう。理由は簡単、二十歳代から八十歳代までの作者が、みんな一緒の場で作品を発表しているからです。

私の経験を通して言うならば、俳句は文語表現がいいと信じているし、したがって歴史的仮名づかいが有利でふさわしいと思うのだが、新仮名づかいが制定されてから、それがどうも厄介なことになってしまった。歴史的仮名づかいで義務教育をうけたのは、たぶん、昭和一桁か二桁前半までの世代だろう。それ以後の、団塊とか新人類と呼ばれる世代の人たちは、みんな新仮名づかいで育った。そんな新仮名世代の比較的若い人たちが、「俳句を作ろう」と思ったとき、「歴史的仮名づかいで書かなければいけない」などと言ったら、たちまち「それなら、やーめた」ということになる。全部が全部そうではないとしても、若い俳句作者が育つ可能性は、きわめて乏しいということになる。

それにまた、新仮名づかい世代にはそれなりの言語感覚があるはずだから、もしかしたら、私たちとはちがう感覚で、新しい俳句の発想や表現を生み出すようになるかも分からない。げんに短歌のほうでは、俵万智なんて人が出ている。まあ、そんな期待感もいくらかはあって、私は、文語・歴史的仮名づかいを強要していないのです。けれども、私がそのへんをあまり心配しないのは、世の中よくしたもので、今どき

「俳句を作ろう」と志す十代二十代の若者たちは、不思議に文語指向がつよく、歴史的仮名づかいもかなり習得している。そういう人たちよりも、中年初心者のほうが新旧混乱した仮名づかいをしているのが現状なんですね。

私の俳誌「鷹」の例を述べたが、本書を読む方も、表記については以上のような態度で一貫してもらいたい。そういうところからキッチリとスタンスをきめてかからぬと、いい作者にはなれないのです。

それから、もう一つ。俳句はタテ書きにするものだ、と前々週に書いたけれど、上から下まで、あいだをあけずに書くものだということも、知っておいてもらいたい。

たとえば、

菊の香やならには古き仏達　芭蕉
秋深き隣は何をする人ぞ

と書くのが正解で、

菊の香や　ならには古き　仏達
秋深き　隣は何を　する人ぞ

のように、五音・七音・五音のあいだを一字ずつあけて書くことはしないのが常識。

あけて書くと、一句のリズムが途切れて、作者の心がすーっとはいって来なくなる。「俳句は一息の詩」であるということです。

雅号のつけ方

さて、ちょっとややっこしい問題が終ったから、こんどは気らくに雅号の話をしておこう。

私の知人に、俳句をはじめた動機が、「雅号というのをもちたかったから」という妙な人がいるけれど、結論をさきに言うと、雅号はつけてもよし、本名のままでもよし、ということになる。

たいていの俳人が雅号をもったのは昭和も戦前まで。二、三十年代以降になると、本名を使うか、または本名らしく思わせるような、雅号らしくない雅号になってきた。たとえば、男性の場合、本名「義男」という人が、義生、良夫、良生、余志夫、余志緒、予士夫などのように、一見「本名か」と思わせる雅号が多くなった。それだから、男のくせに湘子なんて雅号を使っている私は、今や前世紀の遺物のようなものです。

湘子という雅号をつけたのは昭和十七年。ときどき「先生からいただいたのですか」と訊かれるけれど、俳句はお茶やお花とはちがう。みんな自分勝手につける。私は、先生からいただかなかったけれど、先生の真似をした。先生の名は水原秋桜子、本名は豊で秋桜はコスモスの別名。本名と雅号との関連がもう一つハッキリしないから、生前、先生にお尋ねしたら、「いや、若気の至りでね……」というお返事。弟子には話せぬ何かいわくがあったのかもしれない。

その秋桜子の「子」が使いたかった。当時、帰省子、編集子なんて言葉がよく使われていたし、島崎藤村の例の「千曲川旅情の歌」の中にも、「小諸なる古城のほとり／雲白く遊子悲しむ」なんてのがある。だから「子」を使うことに抵抗はなかった。その「子」に、私の生まれは神奈川県だから、湘南地方の湘をもってきて湘子、じつに単純である。十六歳でそんな雅号をつけて喜んでいたんだから、考えてみると、私も古い。

秋桜子の師の高浜虚子は本名清、キヨシがキョシになったわけだから明快。これは正岡子規が命名したそうだが、子規のほうは本名常規、明治二十二年に喀血してから子規と号するようになった。本名常規の規を使っているが、子規はホトトギスという鳥の名を意味している。喀血後だから、つまり「啼いて血を吐くホトトギス」を踏まえているのだろう。明治の文人は、そんな切実な状態の中でも、洒落っ気を忘れていない。見事なものだ。

秋桜子と並称される昭和俳句革新の旗手山口誓子は、本名新比古。チカヒコが誓子になったわけだが、その誓子が、弟子の高橋行雄に鷹羽狩行という名を考えた。タカハシユキオがタカハシュギョウに変わったわけ。このほか佐藤鬼房（本名喜太郎）から、「幼時、キー坊キー坊と言われて育ったので……」と聞いたことがある。キー坊に鬼房の字をあて、結果オニフサとなってしまったわけだけれど、私はなんとなく「きぼう」と読んでしまう。

雅号の由来を調べたら、もっとおもしろい例がたくさんあるだろうが、どうしてこんなに雅号に工夫を凝らすかと言えば、作者個人を明確にするため、と言っていいだろう。もしかりに、鈴木英夫とか山田一郎というような、同姓同名の多そうな人が、そのままの名で俳句を作りつづけたとすると、どこの山田一郎さんか分からなくなってしまう。とくに俳句の世界では、自分が名告るとき、「小林」とか「正岡」と言うことはほとんどない。「一茶」「子規」と言う。それだから、雅号に凝ることによって紛れを避け、自分の存在を明確に主張しようとした、と言っていい。

高浜虚子選の『ホトトギス雑詠選集』（朝日文庫）を読むと、大正から昭和初期へかけての「ホトトギス」俳人の名がたくさん並んでいるが、その中に、味のある雅号、ひと癖もふた癖もある雅号がいくつも出てくる。いくつか拾ってみよう。虚吼、丶石、桃孫、夢筆、四酉、雉子郎、海扇、友猿、松毬路、煤六、瓜鯖、舎利弗、水士英、芽茶庵、黒髪、長春誠、蜆児、福々、舞茄子、大新洞、手古奈、長鯨、日ねもす、只管、山不鳴、颯爽児、寸七翁、一方安、芒頑石、小提灯——。

多彩と言えば多彩、ウルサイと言えばウルサイ。私だってどう読んだらいいのか迷うのもあるけれど、みんな苦労して自己主張していると思うと、いささか涙ぐましくなってくる。

ところで、現在、女性俳句作者が急激にふえたことによって、同名ばかりでなく、同姓同名の女性作者が何組も出てくる現象が生じている。細見綾子、桂信子、野沢節子といえば現代を代表する三女流だが、姓はちがっても、綾子、信子、節子という作者はゴマンといるし、さらには敏子、和子、京子、洋子、秀子、英子さんなどもじつに多い。不思議なことに、男性の場合は、先行する著名俳人と同一の名は避けようとして工夫するようだが、女性のほうはそんなことには無頓着で、桂信子がいても、自分の名が信子ならそれで押し通してしまう。将来、『歳時記』に例句を収載するようなときに困るだろうと、私はひとごとながら心配しているのだが、この傾向、当分収まりそうもない。

雅号をつけるかどうするか、以上のことを参考にして、自分で判断して下さい。

◎今週の暗誦句

頂上や殊に野菊の吹かれ居り　　原石鼎（明治19年〜昭和26年）

蔓踏んで一山の露動きけり

秋風や模様のちがふ皿二つ

短日の梢微塵にくれにけり

第5週

俳句の前提＝五・七・五

＊俳句の構造
＊五・七・五の定型
＊さまざまな変型
＊自由律は俳句でない

俳句の構造

第4週までに「俳句を作る」ための心の準備や、いちおうの心構えがととのった。さて、いよいよ実作ということになるわけだが、俳句がどんな形式でどんな特徴をもっているか、そのことについてまだ説明していなかった。これが分かっていないことには、作ろうにもとっかかりがないわけですね。

今週から三週にわたって、その俳句のもつ特徴を説明することにします。俳句の特徴ということは、この短い詩型が、場合によっては、短篇小説以上の連想のひろがりや感動をもたらすことがあるわけだが、それがどういうところから発するのか、どんな構造によってそうした力を発揮できるのか、そうした「俳句を俳句として立たしめている本質」ということだが、その特徴として挙げるべきものが、三つある。その三つとは、

①　五・七・五という型
②　季語の連想力
③　切字（きれじ）の効果

ということです。この三点が、おたがいにそれぞれの力を発揮し、ほどよくひびき合ったとき、名句とか秀句といわれる作品が生まれるわけだから、この三点がどんな役割を果たすのかということを、十分に知って、頭の中に叩（たた）きこんでおく必要がある。

このうち、今週は、俳句の大前提とも言うべき五音・七音・五音の型について説明しよう。

五・七・五の定型

俳句と短歌との区別が分からないという人でも、五七五とか、五七五七七とかいう言葉の音数で呼ばれていることは、聞いたことがあるだろう。五七五と短いほうが俳句、五七五七七と、七七（十四音）長いほうが短歌である。つまり、俳句は五音・七音・五音という形が原型で、これが俳句であるための大前提です。次の図を見て下さい。

五音	七音	五音
上五（初五）	中七	下五（座五）

図にするとこういうことになる。呼び方としては、最初の五音を上五または初五、中の七音を中七、最後の五音を下五または座五という。五音の部分は初五、座五というほうがモットモらしい感じがするけれど、最近は上五、下五と呼ぶほうが簡明だから、こっちの言い方がよく使われる。本書でも以下すべて、上五・中七・下五を用いるから、そのつもりでしっかり覚えておくこと。

いなびかり北よりすれば北を見る　橋本多佳子
水にまだあをぞらのこるしぐれかな　久保田万太郎
垂れ髪に雪をちりばめ卒業す　西東三鬼
みちのくの淋代の浜若布寄す　山口青邨
みづからを問ひつめゐしが牡丹雪　上田五千石

右の五句では、「いなびかり」「水にまだ」「垂れ髪に」「みちのくの」「みづからを」が上五、「北よりすれば」「あをぞらのこる」「雪をちりばめ」「淋代の浜」「問ひつめゐしが」が中七、そして「北を見る」「しぐれかな」「卒業す」「若布寄す」「牡丹雪」が下五であること、もう分かったでしょう。

このように、五音・七音・五音できっちりと作る、できている、ことを原則とするが、このことを「定型」という。つまり、五・七・五が俳句の定型ということです。

今はまだ、あなたは俳句の門を押しかけて、その中へちょっとはいってみようかという段階だけれど、これから作句を継続していくと、定型ではないさまざまな俳句に直面する。そうすると定型感がゆらいで、「ちょっと変わった作り方をしてみようか」と思うことが、きっとある。二、三年作句し、俳句がすこし分かったような気分になると、たいていそんな出来心の擒になる。その時分が一番あぶない。

私が第1週の〈今週の暗誦句〉を四句挙げたあと、「五音・七音・五音を軽く区切って読む」「朗々と声をあげて読む」と注をつけた（27頁参照）のは、定型感覚をしっかり身につけることが、俳句の本質を知るうえできわめて大切、と思っているからである。朗々と声をあげて俳句を読んでいれば、しぜんに五・七・五の韻律が身に沁みこんでいく。そして、覚えようという意識が弱くても、読んだ俳句がしぜんに覚えられる。そうやって、俳句のなんたるものかが、だんだんと感じられてくるわけなのだ。ゆめゆめ定型を外した俳句を作ってみようなんて考えぬこと。むしろ、歯をくいしばっても五・七・五を外さぬ、というくらいの、断乎とした決意を求めておきたい。

ところで、音数を計算するさい、長音、拗音、促音をどう数えたらいいか戸惑う人が、案外多い。参考のため以下にしるしておく。

①長音（アー、ヨー、など）のーの部分は一音に数える。
（例）コーチ（三音）カレー（三音）コンサート（五音）

②拗音（ちょ、しゃ、など）は二字併せて一音に数える。
（例）町長（四音）車中（三音）丘陵（四音）

③促音（小さく書く、っ、ッ）は一音に数える。
（例）黒鍵（四音）石棺（四音）十中八九（七音）

最後の十中八九には拗音が二つ、促音が二つあってややこしいが、「じゅ・っ・ちゅ・う・は・っ・く」と分析してみればハッキリする。また、チューリップには、拗音、長音、促音が一つずつはいっているが、これも「チュ・ー・リ・ッ・プ」とすれば五音ということが分かるだろう。いちいち字に書いて説明するとむつかしそうだけれど、俳句の朗誦をたくさんやって五・七・五のリズムが身に沁みこんでくれば、こうしたことは、指を折って数えなくても分かってくるものです。

さまざまな変型

五・七・五の定型が基本で大前提である。このことに変わりはないけれど、さまざまな表現テクニックの一つとして、「字余り」「字足らず」「破調」「句またがり」といった形がある。これは、五・七・五でも表現することは可能なのだけれど、それではどうしても作者の屈折した感情がリズムに乗らない、という確たる理由があって、あえて用いる手法。だから、俳句をこれからはじめようとするあなたが知っても、当座は役立たない。いや、当分使ってはいけないと言っといたほうがいい。が、俳句を作る者の常識として、「こういう場合もある」ことを知っておく必要もあるので、次にひととおり紹介する。しかし、くどいのを承知で言うけれど、当分のあいだ、これらに心を動かしてはいけない。あなたは、あくまでも五・七・五でやるのです。

はじめは「字余り」。傍線の部分が五音または七音を超えている。

幸さながら青年の尻菖蒲湯に　秋元不死男
響きこもる六月の雲水の上　野沢節子
初日さす松はむさし野にのこる松　水原秋桜子
橙は実を垂れ時計はカチ〳〵と　中村草田男
花衣ぬぐやまつはる紐いろ〳〵　杉田久女

春潮を見て来し胸や子を眠らす　細見綾子
諸手さし入れ泉にうなづき水握る　中村草田男
暫く聴けり猫が転がす胡桃の音　石田波郷
ロシア映画見てきて冬のにんじん太し　古沢太穂
薔薇の坂に聞くは浦上の鐘ならずや　水原秋桜子

このように、字余りは上五にも中七・下五にもある。最後の秋桜子の句など、どの部分も全部字余りで、六・八・六という音数になっている。けれども、秋桜子ほどの俳人なら、これを定型にすることはさしたる難事ではない。だが、しかし、です。この句は秋桜子が、戦後はじめて九州の地を踏み、原爆の傷痕のこる長崎を訪れたとき作った。だから、作者の胸中には、原爆の悲惨なさまや憤りがある一方、長く心の中であたためていた、長崎という土地に対する憧憬が、旅情となって渦巻いていたはずで、そうした複雑な心情心理を表現するには、どうしても荘重なリズムが必要だった。

現代俳句におけるリズム、調べの重要さを、一番はじめに説いたのは秋桜子です。そういう作者だから、あえて六・八・六という音数にして、自分の感動をそのリズムに乗せようとしたわけで、初心者の推敲不足の字余りとは、まったくワケがちがう。

言葉を替えて言うならば、五・七・五の定型のよろしさを十分に知っているからこそ、自信をもって、六・八・六の形で作ることができる。そうしたことを頭において、もう一度「薔薇の坂に……」と読んでごらんなさい。今私が言ったような秋桜子の心の中が、すこしは分かってもらえると思う。

次は「字足らず」。

と言ひて鼻かむ僧の夜寒かな　　高浜虚子
兎も片耳垂るる大暑かな　　芥川龍之介
散らばれるものをまたぎて日短か　　富安風生
相集ひ山荘にあり日短か　　高浜年尾

字足らずは、字余りとくらべると、ひじょうに用例が少ない。これは音韻の関係でリズムがととのい難いということがあるわけだが、ここでは話がこみいってくるので、その理由は省くことにします。ただ、三句四句の「日短か」と下五におくのはかなり使われているが、これを読むときは、「ひみじか」とつづけるのではなく、「ひ・みじか」と一音分に相当する休止を入れて読む。そうやって五音と同じ感じにするわけです。「なんでそんなややっこしい表現にするのか」と思う人もいるだろう。「日短か」は「短日」で『歳時記』に載っているが、文字どおり冬になって日が短くなったという意味。その短い感じを「ひ・みじか」で出そうというわけ。「日短かし」でいいんだけれども、「ひ・みじか」と読むと、何かこう、気忙しい感じがするでしょ。まあ、こんなところにも、短い俳句の、リズムを生かした芸の細かさがあるんですね。

とにかく、字余りは、しかるべき作者がしかるべき理由をもって用いれば、成功率は高いけれど、字足らずの場合は、相当な俳人がやっても成功する例は少ない。虚子の「と言ひて」などは、そのわずかな成功作の一つだが、私なども明確な字足らずはまだ一度も使ったことがない。知識として記憶しておくだけで十分です。

次は「句またがり」。

木の葉降りやまずいそぐないそぐなよ　加藤楸邨
算術の少年しのび泣けり夏　西東三鬼
暮れてゆく樹々よこの雪は積らむ　橋本多佳子

定型の五・七・五は、リズムであると同時に意味のうえでも五・七・五で区切られているし、また、読む場合も、五・七・五の・のところで軽い休止を入れる。それが定型の原則であるわけだが、あるとき、意味が上五から中七へまたがったり、中七から下五へつづいてしまうことがある。右の傍線部分がそれだが、それでもこれを読むときは、

木の葉降り＊やまず＊いそぐな・いそぐなよ

というふうにする。＊は・の半分くらいの休止を入れるのです。説明だけだとややっこしい感じがするかもしれないが、この用例は案外多いので、あまり神経質に考えず、要は、定型感覚を基本におくという原則を、しっかり守ることを心がけていれば、おのずから自得できるはずだと思う。

最後に「破調」だが、今まで述べた「字余り」「字足らず」「句またがり」すべてを含めて、つまり、定型以外の形をみな破調とする広義の解釈もあるけれど、ここで説明するのは狭義の破調です。

礼者西門に入る主人東籬に在り　高浜虚子
マントのボタン大きく鎌倉の子遊べり　富安風生
口笛ひゅうとゴッホ死にたるは夏か　藤田湘子

今までの形とちがって、どこがどうという説明がむつかしいけれど、私の作品の例で言うと、「口笛ひゅうと」が上五（字余り）、「ゴッホ死にたるは夏か」が中七・下五で、句またがりと字足らずが同居している。この句はある夏、房州海岸で作ったのだが、「作る」という意識がなく、突然、口をついて出てきたもの。それを文字に書いたらこういう破調になったわけだが、私の心底には、定型に則ってできたという感覚が厳とあって、これを五・七・五にしようという気は、はじめからなかった。もし、定型に改作したら、あの日、あの時、あそこで、こう感じたことが消えてしまう。どうしてもこの屈折の激しい破調のリズムでなきゃいけない、そう信じて発表した。こんな例は、私にとってもごくまれなことで、めったにないことだが、虚子や風生の句も、私の場合と似たようなもの、と思っています。程度の差こそあれ、破調句は、自分の内部のおもいが無意識にあふれ出て言葉になる、といったもので、はじめから意識して作れるものじゃない。したがって、初心のあなたが作ろうとしても無駄です。

こういう形の俳句もあるということを、知るだけにとどめておくことにしよう。

自由律は俳句でない

以上述べてきた定型をはじめ、字余り、字足らず、句またがり、破調といったさまざまの変形も、そのつど説明したとおり、すべて五・七・五を基本とし、五・七・五から離れまいとしていることが理解できたと思う。

ところで、ここに自由律俳句と称するものがある。

お墓の道は何となく暗くてほうたる　荻原井泉水

わたしのあばらへ蔓草がのびてくる　中塚一碧楼

せきをしてもひとり　　尾崎放哉

うしろすがたのしぐれてゆくか　　種田山頭火

放哉や山頭火の名は知っている人がいるかもしれない。ごらんのように、十七音より長いのもあれば短いのもある。が、よく声を出して読んでみれば分かるけれど、これらは、五・七・五という韻律を、最初から無視して作っている。五・七・五、十七音の枠に嵌めて作ろうという意識がない。ただ、なんとなく音数が少ないというだけで、俳句に似ているように見える。これを自由律といって俳句の一変形、ないし一分派として許容している人たちも、少数だけれど存在する。けれども私は、五・七・五の定型をもって俳句の大前提とする立場を守るものであるから、自由律を俳句の仲間とは思わない。俳句とは別の詩形式だと思っている。

　したがって、今後いっさい、この形式についてふれることがないことをおことわりしておきます。

◎今週の暗誦句

雪解川名山けづる響かな
うしろより初雪ふれり夜の町
奥白根かの世の雪をかゞやかす
駒ケ嶽凍てゝ巌を落しけり

前田普羅
（明治17年〜昭和29年）

第6週 季語のはたらき

＊俳句の二条件
＊季語の連想力
＊季語を信用する
＊一句一季語

俳句の二条件

先週は、俳句の大前提は「五・七・五の定型」だという話をした。だが、それだけでは「俳句」という器ができただけで、その中身を充たすにはまだ不十分だ。早い話、川柳だって五・七・五である。

それではさらに一歩すすめて、俳句を俳句としている条件は何かというと、59頁にあるように一つは季語、もう一つは切字である。

今週は、季語にどんなはたらきがあるか、どう使うべきか、といったことを述べたい。

季語の連想力

その前に、第3週で「歳時記と親しむ」ことを言っておいたけれど、はたして実行しているかどうか。親しんでいるとすれば、『歳時記』を読むことの楽しさがすこし分かってきたと思うけれど、あの章で私は、季語には、

①　季節感
②　連想力
③　安定感

という三つの重要なはたらきがあることを、書いておいた。この三点について別々に説明すればいいのだが、初学のあなたには混乱をまねくかも分からないので、これからはこの三点を総合して、「季語の連想力」ということに統一しよう。連想力の中には、季節感（季感ともいう）も安定感も含まれていると承知しておいて下さい。

また、『歳時記』を読んでいるうちに、解説や後記の中で、季語とよく似た季題という言葉にぶつかって、「おやッ」と感じた人があるかもしれない。これも、今の段階で詳述すると、かえって混乱するから、現今では、「季語という言葉でほとんど通用する」ていどに記憶すればよろしい。作句をみっちり五年以上つづけて、すこし本格的にやろうといった気分になったあたりで、『俳句辞典』などで、季題・季語の違いを調べても遅くはないから、安心していい。

さて、その連想力だが、第1週の〈今週の暗誦句〉に、

遠山に日の当りたる枯野かな　高浜　虚子

があった。この句はもうしっかり頭の中にはいっていて、あなたなりに連想力をはたらかして、あれこれ解釈や鑑賞を試みたと思う。単純明快な俳句だから、「何を詠っているのか分からない」ということは、ないだろう。

この句について、まえにも引用させてもらった水原秋桜子の『近代の秀句』に、やはり懇篤な鑑賞があるので、もう一度それを拝借させていただく。

解釈　冬も次第に寒さを加えて、野の草はすっかり枯れてしまった。ところどころにその穂が残っているが、それも光を失って、さむざむと風になびくだけである。

野のはてには山が連なっている。何々山脈というほどの高い山ではなく、その頂までよく眺められる。殊に今日は日が当っていて、その山襞の影もふかい。麓には里があって、そこに通ずる道が枯野をつらぬいているが、いまはとおる人もない。小鳥が四五羽ちちと鳴きつれてたったとおもうとすぐ芒の中に沈んでしまった。

批評　描写は至って簡単であるが、「これが枯野の趣である」と教えられたような気のする句である。遠山に日の当っていることによって、枯野のすべてが最も力づよく現わされている。もしもここで、遠山さえ昃っているとしたら、さびしさは現われるけれど、野の色彩は失われてしまう。遠山にあたる日は、野のさびしさを現わし、同時に色彩をも現わしているのである。

どうだろうか。あなたが連想力をはたらかせて鑑賞していた内容とくらべたら、驚くほど精細で奥深く、きっと「こんなことまで連想されるものか」と舌を巻いたにちがいない。何をかくそう私も、あなたと同じホヤホヤの初心者のころこれを読んで、「いつになったら自分もこんな幅広く、奥深く読めるようになるのか」と、「前途ほど遠し」の感をいだいたものです。だから、こんなところで、今から、「われに才能なし」なんてアキラメたらいけない。みんな最初のころは何回も、おのれの才乏しきを嘆くものなのであります。

それでは、なんでまた読者をガッカリさせるような名鑑賞を引き合いに出したのか、というと、経験の多い少ないによって、同じ季語からうける連想力のはたらきも、大きな違いがあるってことを、分かってもらいたかった。この場合、経験の多少とは、

① 自分がどれだけ熱中して作句したか、という作句経験。

② どれほどたくさんの先輩の、俳句や鑑賞書などを読んだか、という読書量。

③　旅行や社会的経験年数の多寡。

ということになる。このうち③については、多分に歳月の制約があるから、若い人が地団太ふんだところで、にわかに解決できる性質のものではないが、問題は①と②だ。これなら今後の努力しだいでどうにでもなる。

まず、①の作句経験。これは、「俳句は自分が作りながら分かっていく」ことをまえにも言ったが、コツコツと地道に努力して、なにがしかの成果を早く求めようとしない、根気の永続が大切。「継続は力なり」で、休まずつづけていれば、知らず識らずのうちに何かを自得する。自分の中の隠れていた自分を発見できる。ことに季語というものは、人事を含めた自然の諸相の中から選びぬかれ、大勢の人によって磨かれてきた言葉。その素晴らしさを分かろうというのだから、ゆっくりと時間をかけ、自然の、これまで気がつかなかった何かを、すこしずつ発見する努力をしたいもの。私などもこの齢になって、毎シーズン、「ああ、そうだったのか」と感じることが何度もある。ゆっくりと、長距離ランナーのつもりで自然と接し、見つめ、作句していこう。

①で大事なことは、私がわざわざ「熱中して」とことわったこと。ときどき、「私は、もう三十年も俳句をやってますが、なかなかウダツがあがりません」、そう言ってぼやく人に会うけれど、よく訊いてみると、作句年数は長いが熱中した時期がない。

もちろん、次にしるす②のような努力もしていない。これではただいたずらに年数を累ねただけのことで、「三十年もやってる」なんて威張れたものじゃない。年数より熱中した時期の問題、つまり密度の濃さが問われるということです。

②の読書量。引例した秋桜子の評釈・批評によっても分かるように、先人の俳句や鑑賞書・エッセイの類には、初学者の及びもつかぬ洞察力、連想力がある。そうしたものをたえず読んで、「なるほど……」と感心し、「さすが……」と驚嘆するうちに、だんだんと自分の中にも、同じような観察力、発想法が培われていく。そして、自然を見る眼や季語の使い方、あるいは俳句鑑賞のあり方などを教えられるし、さらに言えば新たな語彙をたくわえ、俳句表現のさまざまな妙味を知ることだって可能なわけである。

俳句を作ることは、言ってみれば、自分の中にあるもろもろのものを吐き出すことであるが、吐き出してばかりいたら、いつかは空っぽになることは目に見えている。それだから、一方ではせっせと吸収する手だてをしないといけない。吸収の手だてはいろいろあって、私の若いころは、秋桜子の影響をつよくうけて、絵画の鑑賞を一所懸命にやった。乏しい小遣いの中から高価な画集を買い、展覧会にも心して足をはこんだ。ほかには、観能、観劇に精出した作者もいたし、ひたすら日本の古典文学を読んでいる人もいた。

そうしたいろいろな吸収法によって、自分に肥やしをあたえていたわけだが、そんな中で、俳書を読むことが一番てっとり早い。第2週で、必要最小限これだけは取り揃えておくもの、を挙げておいたけれど、形式が短いからといって俳句をバカにしたらいけない。吸収のための投資をケチるなんてことを、しないようにしたい。

季語を信用する

将来にわたっての心得みたいになってきたが、現実に、今、ある季語に接しても、連想力の翼が大きく広がらないという、切実な問題がある。それは、きっと作句にも影響してくるのではないか。そんな心配をあなたはいだきはじめたと思う。

だが、心配には及ばない。それは、「季語を信用する」という態度を堅持してゆけば、解決する問題です。では、「季語を信用する」とはどういうことか。それを説明する前に、次の作品を見て下さい。

蒲公英の黄色い花や女の子
向日葵がまぶしく照りて坂の上
物干せばコスモスの花ゆれてゐる
学校へ行く子カラカラ落葉舞ふ

分かりやすいように四季の植物を詠った作を並べたが、どれも一度か二度しか作句してない人のもので、共通の欠点をもっている。どこが欠点かと言うと、季語（傍線の部分）に対して、言わなくてもいいことをわざわざ言って、作品を薄っぺらにしている点です。

蒲公英＝黄色い花
向日葵＝まぶしく照り
コスモス＝ゆれてゐる
落葉舞ふ＝カラカラ

こう書いてみるとよく分かるはず。蒲公英はことわるまでもなくおよそ黄色い花だし、向日葵と言ったら夏の象徴、まぶしく照るのは当たりまえ。コスモスもあんな繊細な花だから、風がなくてもいつだってゆれている。そして、落葉が舞うときは、たいていカラカラという音を立てるだろう。つまり、どの句も「蒲公英」「向日葵」「コスモス」「落葉舞ふ」、という季語のもっている連想の部分を、わざわざ詠っている。こういうのを「季語を説明している」というのだが、こうなるとかえって季語の連想力はしぼんでしまって、本来のゆたかさを失ってしまうのです。だから、季語の説明はいっさいやめて、季語はそのまま、なんの手も加えず一句の中に置くようにする。

実作にはいった段階でまた述べるけれど、この四句について言えば、「蒲公英に」「向日葵や」「コスモスの」「落葉舞ふ」というような使い方で十分。「まぶしい」だの「ゆれている」だのは、ちゃんと季語そのものが語ってくれるんだから、作者は安心して手つかずで使えばいい。それが「季語を信用する」態度です。これはとても大切な作句上のポイントで、ゆめゆめ忘るることなかれ、なんだけれど、五年選手十年選手でも、「季語を説明」してしまって失敗する例が、後を絶たない。

季語のもつ連想力について、以上の説明で分かったろうか。「まだ十分に分かったとは言えない」と思う人は、今はただ「季語を信用する」「季語の説明をしない」ということだけを記憶しておくこと。実作にとりかかると、これが大きくものを言うことになるのです。

一句一季語

ところで、初学の人が混乱することの一つに、〈季重なり〉ということがある。たとえば、こういう句。

四月馬鹿朝から花火あがりけり　　久保田万太郎
年ゆくや舌に海鼠をのせし冷え　　森　澄雄

牧水忌島のひとつは秋まつり　飯田　龍太

　傍線部分が季語だが、そのうち二重線部分が主季語ともいうべきものです。万太郎の作でいえば、「四月馬鹿」（春）は四月一日だから絶対に動かせない。が、「花火」は夏の季語になっているけれど、春でも秋でも冬でも、祭りや行事があるときは、ポンポンと威勢よくあがる。だから季語ではあるものの、この句の場合は「四月馬鹿」を表現する一つの点景として使われている。同じように、澄雄作の「年ゆく」、龍太作の「牧水忌」（九月十七日）も動かし難いことが分かると思う。こういうふうに、主たる季語が絶対で、他の季語が点景的役割で使われている場合はいい。けれども、今まで述べてきたように、季語はどれにも大きな連想力があるから、よほど注意してかからぬと、複数の季語が相殺し合ってバラバラの句になってしまう。初学のうちは、「一句一季語」で作るように心がけたい。ただし、初学時代は季語をあまり知らない。その結果、自分は一句に一つしか季語を使わなかったつもりなのに、「いや、こっちのほうも季語だ」と言われて、大いに戸惑うことがあるんですね。

しとしとと桜を散らす春の雨

水打つて涼しき風に憩ひけり

前句は、「桜」も「春の雨」も季語と承知のうえで作った例。これは「桜」というレッキとした季語があるんだから、「春の雨」の「春」は要りません。短い形式の中で、こういうムダな言葉を使うことはたいへん損。このたった二音でも、もっと有効に活用することを考えるべきところ。

後句は「涼し」を季語として作ったのだが、作者は「水打つ」というのも、やはり夏の季語だとは知らなかった。私がそれを指摘したら唖然としていた。こういうのが、はじめのうちはやたらに出てくる。けれども、それを今から心配し、取越し苦労していたら、一句もできなくなってしまう。知らないものはしかたない、とひらき直って、どんどん作句すればいい。『歳時記』とよくつき合っていれば、一年、二年とたつうちに、だんだん「知っている季語」がふえてくるものです。

「季重なり」とは反対に、一句の中に季語のない俳句もある。

黄泉に来てまだ髪梳くは寂しけれ　中村苑子
手品師の指いきいきと地下の街　西東三鬼
またしても妻の足音かと思ふ　日野草城

季語を使った俳句を「有季俳句」、略して有季。季語のない俳句を「無季俳句」、略して無季と呼んでいる。俳句は季語が絶対あることを条件として、無季俳句をまったく認めない俳人がたくさんいます。私は、自分では無季俳句を作らないが、無季の句も俳句として認めている。五・七・五が俳句の前提だとまえに言ったが、季語は何かと言うと、「俳句の約束」です。約束だから、時に破られることもある。そういう意味で認めているのだが、無季の成功例も数少ないことは確か。季語の連想力を生かすに如くはない。無季俳句に色眼を使わぬよう、きつく言っておく次第。

◎今週の暗誦句

啄木鳥や落葉をいそぐ牧の木々
夕東風や海の船ゐる隅田川
ふるさとの沼のにほひや蛇苺
むさしの空真青なる落葉かな

水原秋桜子
（明治25年～昭和56年）

第７週 切字の効果

＊切字とは？
＊切字はひびく
＊切字の三要素

切字とは？

「切字？ なんだい、それ……」

こう思う読者が多いにちがいない。しかし、「俳句で『古池や』とか『桜かな』という、あの『や』や『かな』のこと」と言えば、「ああそうか」と納得するだろう。「や」「かな」「けり」「なり」「たり」「こそ」「らむ」「けむ」「か」「ぞ」などなど切字はまだいろいろあるが、本書ではその中のもっとも代表的な切字、「や」「かな」「けり」について詳述する。

切字はひびく

これまで毎週四句ずつ〈今週の暗誦句〉を挙げたので、計二十四句をみなさん記憶されたと思う。その二十四句のうち二十一句までは、「や」「かな」「けり」の切字が用いられた作品で、じつを言うと、私が意識的にそうした作品を選んで並べたわけです。

いくつか再掲してみよう。

残雪や○ごう〳〵と吹く松の風　村上鬼城
夕東風や○海の船ゐる隅田川　水原秋桜子
一つ根に離れ浮く葉や○春の水　高浜虚子
ふるさとの沼のにほひや○蛇苺　水原秋桜子
遠山に日の当りたる枯野かな○　高浜虚子
鈴おとのかすかにひびく日傘か○な○　飯田蛇笏
短日の梢微塵にくれにけ○り○　原石鼎
駒ケ嶽凍て、巌を落しけ○り○　前田普羅

再掲の句でしっかり記憶しているはずだから、ルビ（ふりがな）はもうふらない。右のうち○印が切字というわけだが、切字の部分に注意しながら、もう一度朗誦（ろうしょう）してみて下さい。どうだろう？　「切字がいかにも俳句らしいひびきを伝えている」と感じないだろうか。

どうもまだハッキリしないなら、こうすればよく分かると思う。

夕東風に海の船ゐる隅田川
ふるさとの沼のにほひと蛇苺
遠山に日の当りたる枯野行く
短日の梢微塵にくれてゆく

切字をとって別の言葉に代えて改作してみたわけだが、原句（もとの俳句）との差が、これなら歴然とするはず。すこし蛇足を加えよう。

夕東風や海の船ゐる隅田川
夕東風に海の船ゐる隅田川

こう並べてみると、たった一字「や」と「に」の違いだけだから、眼で読み下したぶんにはそれほど変わったようには思えない。また、口の中でもぐもぐと黙読したていどでも、あまり差を感じないかもしれない。けれども、声を出して朗誦してみると、これはもうハッキリと違いが分かってくる。原句の「夕東風や……」だと、何かこう早春のはればれとした気分が湧いて、「ああ、もう春だなァ」といった情趣にひたれるけれど、改作の「夕東風に……」では、なんとなくもそもそしているし、一句十七音を読み終ってもピリッとしない。胸にひびいてくるものがない。そう思うでしょう。
それは、

遠山に日の当りたる枯野かな
遠山に日の当りたる枯野行く

の場合でも、

短日の梢微塵にくれにけり
短日の梢微塵にくれてゆく

でも同じ。「遠山に」の原句では、「……枯野かな」と読み終ったとき、なんとも言えぬ快感がしばらく尾をひいてのこります。これは余韻とか余情といったものだが、改作した「……枯野行く」ではそうはいかない。読み終ったとたんに読者の関心はプッンと切れてしまう。「これでおしまい」といったあんばいで、余情もへったくれもない。

「短日の」の句でも、切字「かな」と「けり」の違いはあっても、「遠山に」と同じこと。原句「……くれにけり」の読み終りと、改作「……くれてゆく」の読み終りの印象をくらべて欲しいものです。「けり」のひびきが、いつまでも胸の底にかすかな快感をのこしてくれると思う。

　こうして見てくると、「や」「かな」「けり」といった切字が、俳句の中で容易ならざるはたらきをしていることが分かるだろう。そして、切字があることによって、俳句がいかにも俳句らしい型になっている、俳句らしい風格をもっている、ことを感じたにちがいない。

　それでは、この切字、いったいどう使われ、どのような効果をもたらすのだろうか。

切字の三要素

「や」「かな」「けり」といった切字は、時として俳句の代名詞のように使われる。私の若いころ、ある老人から、

「あなたは『や・かな』をやっているそうですね。お若いのにいいご趣味で……」

と言われたことがある。なんだかひどく古めかしい感じになったことを覚えているが、「や・かな」が俳句の代名詞として大手をふって通用していた時代です。さすがに今はそんなことはないけれど、俳句を作らぬ人でも「や・かな」を知っていたということは、つまりは俳句における切字の比重が、たいへん高かった証左（しょうさ）と言っていいだろう。

　高浜虚子は明治・大正・昭和三代にわたって俳句界をリードした大俳人だが、新し

い人に俳句の作り方を教えるとき、

「季語を入れて、『や』か『かな』を一つ使ってお作りなさい」

と教えたそうである。簡にして要を得た、まことに手っとり早い作句法だと私は思う。

そろそろ切字の効果についてしるさなくてはならないが、まあ、それほどに切字のはたらきが凄いんだということを、最初にとくと頭に入れておいてもらいたい。

さて、その切字のはたらきだが、およそ次の三点に集約される。

① 詠嘆

② 省略

③ 格調

順を追って説明しよう。はじめにことわっておくが、これらの三点のありようを、今便宜的に分けて説明するが、じっさいには、あるときは詠嘆、あるときは省略というぐあいに別々にはたらくのではなく、切字をうまく用いるときは必ずこの三つの効果が出る、ということである。

まず「詠嘆」。

辞書の説明を借りると、「㊀長く声を引いて歌うこと。㊁感嘆すること。感動すること」とあるが、ここでは㊁の意味。「ああ」とか「わァすばらしい」と感じるときの感激である。こう言うと、いささか身ぶりが大きく感じられるけれど、たとえば、春さきに道ばたの雑草が芽を出したのを見て、「おやッ」と立ち止まるのも一種の詠嘆だし、母親の起居に老いを見て、「ハッ」と感じるのも詠嘆なのである。作品によってそのへんのところを確かめてみよう。

夕東風や海の船ゐる隅田川　　水原秋桜子
ふるさとの沼のにほひや蛇苺

さきほども引用した句だが、前句「夕東風や」をまず見よう。「東風」は「春になって吹く、柔らかく弱い東風または北東風。春を告げる風」などと『歳時記』に載っているが、『歳時記』の説明をまつまでもなく、菅原道真の「東風吹かば匂ひおこせよ梅の花主なしとて春を忘るな」という有名な歌によって、その気分は知っていたと思う。したがって「夕東風」は、夕方吹いている東風ということ。

で、「夕東風や」だが、この「や」には〈ああ、この夕風の感じ、もうまぎれもなく春がやってきたのだ〉という、たしかに春を感じとったよろこびが含まれている。そのよろこびも詠嘆なのです。

後句。ふるさとへひさしぶりに帰って、子どものころよく遊んだ沼のほとりに立った。夏の日ざしに照らされて、沼の水は特有の匂いを放っている。作者は〈そうだ、この匂いだ、何年も前に嗅いだ匂いとまったく同じだ、なつかしいな〉そう感じながれているのである。

と見えたという意。今〈や〉でくくった部分の作者のおもいが、切字「や」に集約さ

ら、ふと足もとに目をやると、これも昔どおりに蛇苺（夏季）の赤い実が、五つ六つ

流れ行く大根の葉の早さかな　高浜　虚子
桐一葉日当りながら落ちにけり

詠嘆が切字に集約されている点では、「や」も「かな」「けり」もまったく変わらない。

前句。郊外の野川を流れていく大根の葉っぱにすばやく目を止めて、パッと一句にしたものだが、水の流れに乗って流れる大根の葉のみどりが、あざやかに印象されるはず。「早さかな」はスピードを讃えているのではなく、水流に乗った大根の葉の流れよう、その流動感といったことに、ハッと心をうごかしているのです。

後句。秋のけはいがただようと、桐の葉が一つ、また一つひらりひらりと散るようになる。「桐一葉落ちて天下の秋を知る」という言葉は有名ですが、これはその散るところをしっかり見つめて作った一句。「日当りながら」という表現が見事なのだが、それはともかく「落ちにけり」の「けり」に、〈ああ、秋だ〉のおもいが蔵されていて、これを読む私たちも一緒になって、〈ああ、秋だ〉と思わせられてくる。かりに、

ここを「落ちてゆく」とでもしてみてご覧なさい。〈ああ、秋だ〉のおもいはたちまち消えてしまう。ここのところ、よくよく感じとってもらいたいものです。

次は「省略」。

俳句は五・七・五、わずか十七音しかない。たった十七音の中で、あれも言いたい、これも詠おうなんてことを考えたら、収拾つかなくなってしまう。したがって俳句にあっては「省略する」ということがたいへん大事な問題になる。いろいろな省略法があるけれど、その一番の担い手が切字。切字によって必要以外のものは全部、作品の後ろに伏せておこうというわけである。

五月雨や蕗浸しある山の湖　　渡辺水巴

旅なれやひろひて捨つる栗拾ふ　　篠田悌二郎

老の掌をひらけばありし木の実かな　　後藤夜半

冬の蟇川にはなてば泳ぎけり　　飯田蛇笏

第一句「五月雨や」。山の湖の汀に蕗の束が浸してある。そこへ小止みなく五月雨が降りつづいているのである。「五月雨や」には、五月雨だから当然、〈ああ、よく降ることよ〉の詠嘆がある。がそれと同時に、湖をかこむ山のみどりも、雨でいっそうあざやかに見えるし、そんな季節だから湖もひっそりしずまりかえっている、といった周辺のたたずまいも、おのずから見えてくるはたらきをもっている。

第二句「旅なれや」。こういう季語ではない言葉に、切字「や」をつけることも少なくない。〈旅はいいなァ〉というおもいの中に、〈今こうして旅のひとときをたのしんでいる。心やすらぐばかり。たまにこういう時間をもつことも必要だ〉といったような心のうごきが、そこはかと感じられる。それだから、「ひろひて捨つる栗拾ふ」という少々くどい動作も、「なるほど」とうなずけるわけだ。

第三句「老の掌を」。さきほどから老人の掌の中に何かあると見ていた。なんだろう？ 気になってしかたがない。やがて老人の開いた掌の中には、どんぐりの小さなひと粒があった。やっぱりそうか……。そうした作者の関心のありようが、「木の実かな」の「かな」で分かってくる。「かな」が連想を広げてくれるのです。

第四句「冬の蟇」。冬の土を鍬(くわ)で掘っていたら、冬眠中の蟇がいた。それを手に取って、ちょっといたずらごころで川に放ったら、あわれにも蟇は泳いだよ、という意。「泳ぎけり」は平凡な一動作のようだけれど、あわれに思う気持ちや、本能というのは大したものだ、という驚きや、作者の小さな後悔や、といったことどもが、次々に想われてくる。みんな「けり」のはたらきなんですね。

つづいて「**格調**」。

これは今まで挙げた原句と改作を並べてみれば、おのずから納得されると思うが、さらにいくつかの改作をして並べてみよう。

(原句) 五月雨や蕗浸しある山の湖　渡辺　水巴
(改作) 五月雨に蕗を浸して山の湖
(原句) 雑魚散つて如月田圃澄めるかな　篠原　温亭
(改作) 雑魚散つて如月田圃澄んでゐる
(原句) 津の国の減りゆく蘆や刈られけり　後藤　夜半
(改作) 津の国の減りゆく蘆の刈られゆく

こうして見ると一目瞭然、原句のほうがはるかに凜とした姿をしている。俳句は韻文(このことは第10週で詳述する)なのだから、この凜とした印象を大切にしなければいけない。だらだらと金魚の糞のように十七音の言葉がつながって、なにがしかの意味が通っていたとしても、それを俳句と言うにははばかられる。散文の一節と言うべきです。切字はそうした凜たる姿と、朗々と誦するにふさわしいリズムを俳句にあたえてくれるもの。大切に、有効に用いることを心がけなければならない、俳句の武器と言うべきものである。
ところが残念なことに、こんにちの俳句の世界(「俳壇」という)では、この切字が軽視されている。重要な武器だという認識がいたく欠けている。「切字は俳句のいのち」とまで考えている私にとって、じつに嘆かわしい状況にあるんですね。で、切字軽視派の人たちは、「もう『や』『かな』なんて古くさい。『や』『かな』を使わずに、新しい俳句表現の方法を探究する」などと言っているらしいけれど、これははなはだ短絡的な考え方。言わせてもらうなら、俳句表現の新しい古いを論ずること、そして、古いという理由で切字を用いぬことほど、愚かであさはかなことはないと思うのです。俳句が芭蕉によって確立されてから三百年。この間いくたの起伏を経てこんにちの盛況に至ったのは、五・七・五と季語と切字、この相乗効果の見事さが多くの人の心をとらえてきたからにほかならない。このうちのどれか一つが欠けても駄目なのである。

まあ、切字の必要性は読者のみなさんにだんだんと分かってもらえると思うけれど、私がここで声を大にしてそれを言うのは、本書の骨組みが、徹底して切字を中心にした作り方をすすめていくからである。はじめに確乎とした切字への信頼感をもってもらわぬと、本書の有効利用はできません。わずか20週でそこそこに俳句が作れるようにはならない。そこのところを、よくよく肝に銘じて下さい。

さて、これでいよいよ次週から実作にかかるわけだが、これまでの7週間の内容、しっかり頭にはいっているかどうか。労を惜しまずもう一度復習して、次週を迎えたいものである。

◎今週の暗誦句

庭すこし踏みて元日暮れにけり

珠数屋から母に別れて春日かな

ぬかるみに夜風ひろごる朧かな

月見草離れ〳〵に夜明けたり

渡辺　水巴
（明治15年〜昭和21年）

実作編

第8週

作句へスタート

＊基本の四形式（パターン）
＊配合の句・一物の句
＊〔型・その1〕
＊第一作の作り方

基本の四形式（パターン）

これまで7週間かけて、俳句を作るための物心両面の準備と、俳句という形式について の知識を頭に入れてきた。いくつかの名句も暗誦（あんしょう）できるから、ここで、虚子のように、「五・七・五で、季語と、『や』『かな』『けり』のどれか一つを用いて作ってごらんなさい」と言いたいところだが、そう言われても、「さあ、どこから手をつけたらいいか分からない」というのが落ちであろう。

じつを言うと、現在百種類ほどの俳句入門書があるが、大方はここのところがアイマイになっていて、「まず第一作はこうして作りなさい」という手ほどきが示されていないものが多い。けれども、まったくはじめて俳句を作ろうとしている人が、一番教えてもらいたいのが、ここのところなんですね。

私は十数年前、あるカルチャー教室の講師を依頼されたとき、「第一作をどういうふうに作らせるか」で、ずいぶん考えた。俳句という形式の知識をつめこんでも、じっさいに作るとなると戸惑いがあるにきまっている。その戸惑いをなくし、誰でもすんなり一句を作れる方法はないだろうか。そして、すんなり作れたうえに、できることならすこしはましな俳句になっているようにしたい。そんな欲ふかいことをあれこれ考えてみたのです。

その結果、

・五・七・五という型
・季語のはたらき
・切字の効果

この三つの特徴を十分に生かすよりほかない、というおもいに至った。なんのことはない、俳句の原点を再確認したわけだが、そこから作句の基本になる「四つの型」を案出した。案出したというと大そうらしくて、私が発明発見したように思われるけれど、そうではない。これまでたくさんの俳人がたくさんの俳句を作った。そのたくさんの累積の中から、使用頻度の高い作り方を抜き出して分析し、「それをうまく生かすにはどうしたらいいか」と考えただけのこと。つまり、先人の遺してくれた作品群におんぶしているわけです。が、もし自慢めいたことを言わしていただけるならば、たくさんの作品群の累積はあったけれど、その中から作句の手ほどきになる、「四つの型」を見いだしたという前例はなかった、ということです。

そして、私がとてもうれしかったことは、この「四つの型」をカルチャー教室で使ったところ、目をみはるような好結果が得られたということ。自分の案出した手ほどきの方法がまちがいでなかったことを確認した。そして十数年、私はこの方法をずっと踏襲(とうしゅう)しながら、いっそう自信をふかめてきたわけである。

もちろん、本書でも「四つの型」にそって作句のじっさいをすすめていく。それだから、私の書くことに忠実に第一作、第二作と作っていくならば、本書の看板どおり20週で俳句の初歩の段階を踏破(とうは)できるはず。あなたも手を抜かずに作句して欲しい。

配合の句・一物の句

ところで、俳句の作り方は大別して二つの方法がある。それを、ふつう、

・配合(はいごう)の句
・一物(いちぶつ)の句

と言っている。

配合の句はこれまでの引用句にもたくさんある。たとえば、

遠山に日の当りたる枯野かな　高浜虚子

けふの月馬も夜道を好みけり　村上　鬼城
秋たつや川瀬にまじる風の音　飯田　蛇笏
秋風や模様のちがふ皿二つ　原　石鼎
五月雨や露浸しある山の湖　渡辺　水巴

などがそれである。これらの内容を見ると、

遠山と枯野
月と馬
立秋と川瀬の音
秋風と皿
五月雨と山湖

という組み合わせから成っている。そして、その組み合わせの一方は季語（傍線）である。この作り方は二物衝撃（にぶつしょうげき）とも言われ、二つのものがぶつかり合って、幅広い連想を呼びだす仕組みとなっている。

一方の、一物の句というのは次のようなものを言う。

冬菊（ふゆぎく）のまとふはおのがひかりのみ　水原秋桜子

露の虫大いなるものをまりにけり　阿波野青畝

甘草の芽のとび〳〵のひとならび　高野素十

まさをなる空よりしだれざくらかな　富安風生

滝の上に水現れて落ちにけり　後藤夜半

これらはみな、「冬菊」「虫」「甘草の芽」「しだれざくら」「滝」といった季語そのものをとことん見据えて、別のものの手を借りずに、その本質に迫ろうとした詠い方。念のためしるしておくと、「まりにけり」は「糞りにけり」で、糞をしたということ。「まさをなる」は「真青なる」である。

この方法は一見たやすいようだが、じっさいに作ってみるとなかなかむつかしい。そのわけは、一つの対象（季語）を深く鋭く観察して、作者独自の発見をしなければならないからである。ふつう誰でもが見ているようなことを一物俳句にしても、「なーんだ、そんなこと当たりまえじゃないか」で終ってしまい、読者の心をゆさぶるような感動は生まれない。それにくらべると配合の句は、二物の組み合わせの妙味の勝負だから、わりあい初心の作者でも、ときおりハッとするような一句を得ることができるのです。

そういった作り方の難易、成功率の差があるためだろうが、こんにちの俳句の大方は配合の方法で作られている。配合と一物との割合を調べる方法はないのだが、私の直感で言えば、およそ九割以上が配合の句として作られているのではないか。当たらずといえども遠からずと思うのだが、少なくとも、作句歴の浅い作者が一物の句を作ったら、必ず失敗すると断言してもまちがいない。

したがって本書では、一物俳句の作り方にはふれない。これは教えて分かるという性質のものではなく、作者の観察眼の深まりや、表現力の充実によってはじめて可能な作り方だからでもあるが、一方で、配合の句の作り方をしっかり身につければ、一物俳句の作り方もおのずから分かってくる、ということがあるからです。

したがって、私の言う「四つの型」も、すべて配合の句の作り方であることを、はじめにおことわりしておく。

〔型・その1〕

それではいよいよ第一作へ向かってすすもう。

まず、次の句をよく見つめよう。

名月や男がつくる手打そば　　森　澄雄

極寒や顔の真上の白根嶽　　飯田　龍太

七夕や風のしめりの菓子袋　桂信子
啓蟄や衣干したる雑木山　角川春樹
蜩や干されて透ける麻衣　野沢節子
紅梅や病臥に果つる二十代　古賀まり子

こう並んだ俳句を見て最初に気づくのは、どれも上五の終りに切字「や」があること。そしてその上五の、「や」以外の四音はすべて名詞の季語であること。言いかえると、上五は「季語（名詞）＋切字や」ということで共通している。

共通している点はもう一つ。どの句も下五に名詞が置いてある（これを「名詞止め」という）。

以上二つの共通点を図にしてみると、次のようになる。

（上　五）	（中　七）	（下　五）
季語（名詞）や		名　詞

これを〔型・その1〕と呼ぶことにする。

あなたの俳句第一作は、この〔型・その1〕で作ってもらうことになるから、以下の説明を十分に理解するよう努力して欲しい。

説明するにあたって、この六句の中で一番分かりやすいと思われるのは、最初の句「名月や」だろうから、これをサンプルにしよう。

この句「名月や」の「名月」は秋の季語。言うまでもないだろうが、十五夜、十三夜といった月の美しい夜をいい、また美しく大きい月そのものをいう。それだから「名月や」と切字を用いて表現したとき、作者は名月の美しさを讃えるとともに、名月に照らされている山野草木をも讃え、そしてそういう晩に身をおいている今の自分を、しみじみとなつかしんでいるのである。こういったことは作品の表面には何も書かれていないけれど、切字「や」のはたらきによって連想されるわけである。第7週で言った切字の効果、つまり詠嘆と省略がこの「や」によってなされていることを、あなたも確かめて下さい。

さて、中七・下五は場面がパッと転じて、「男がつくる手打そば」となる。これは都会の家庭を想像してもいいが、やはり都会を離れた農村とか山村に泊まって、男の作った手打そばを作者がご馳走になるところ、というふうに設定したほうがたのしい。手打そばとなるとかなりの労力を要するから、宿の主人がみずからそばを打っているのだろう。作者は「月見そば」というのもまた「一興」と思いながら、その作業を見つめているのである。

なるべく簡略に書いたが、それでも五百字ほどを必要とした。逆の言い方をすれば、わずか十七音の俳句でもこれだけの連想を広げられるわけだ。そういったことも俳句を作るはりあいになると思う。

この「名月」の句を、〔型・その1〕の図に当てはめてみると、

（上　五）	（中　七）	（下　五）
名月や	男がつくる	手打ちそば

というふうになる。さらによく見ると、上五の「名月や」と、中七・下五の「男がつくる手打そば」とは内容が異なっている。中七以下では「名月」のことはいっさい言っていない。せんじつめて言うと、「名月」と「手打そば」の配合ということになる。分かりますね。それを図の上に表してみよう。

上　五	中　七	下　五
名月や	男がつくる	手打ちそば
（A）		（B）

これで明確にこの句の構成が分かったろう。AとBとの配合、二物衝撃によって成り立っているのである。この図をしっかり頭に刻みこんでおいて欲しい。

もう一つ大事なことがある。それは、「中七の言葉は下五の名詞のことを言ってい

る」という点である。つまり、

男がつくる↓手打そば

となっていて、上五のことを言っているのでもなければ、中七だけ勝手に上五・下五にかかわりないことを言っているのでもない。このことは、ほかの五句もまったく同様である。

顔の真上の↓白根嶽

風のしめりの↓菓子袋

衣干したる↓雑木山

干されて透ける↓麻衣

病臥に果つる↓二十代

これがいわば〔型・その1〕をうまく使う重要なポイント。これをまちがえたら〔型・その1〕はメロメロになってしまいます。

念のため、これまで述べてきた〔型・その1〕のポイントを箇条書きにしてみよう。

① 上五に季語を置き、「や」で切る。

② 下五を名詞止めにする。

③ 中七は下五の名詞のことを言う。

④ 中七・下五はひとつながりのフレーズである。

⑤　中七・下五は、上五の季語とまったくかかわりない内容である。

この五項、コピーして句帖に貼っておくことをおすすめする。そして、いつでも、どこでも、そらで言えるようになってもらいたい。

第一作の作り方

〔型・その1〕のポイントが確認できたら、あなたの第一作をいよいよこの型で作ってもらうことになる。

そこで、この型による作句の要領を、実例にそってしるしていこう。

〈実例・1〉

季節は春、四月中旬、場所は長野県安曇野。

西に北アルプスの連峰がそびえ、その高峰にはまだ雪がたっぷりのこっている。桜はまだ咲きはじめたばかりだが、どことなくけむったような山肌の感じは、霞がうすうすとひろがっているからだろう。梓川も犀川も水量がややふえて、その岸にはイヌフグリが小さな可憐な花をちりばめ、ウグイスのこえがしきり――といった風景。

こうした風景に接した初級の一作者は、〔型・その1〕を念頭において、上五の季語を「鶯」、下五名詞止めの言葉を「梓川」とした。これはなかなか要領がいい。す

なわち、

鶯や［（中　七）］梓川

という形がたちまちできたわけである。あとは梓川をしっかり観察して、中七で〈梓川をどう表現するか〉だけ考えればいい。彼は句帖にいくつかの言葉を書きこんだ。ちょっとのぞかせてもらうと、

「水あをあをと」
「白き波立つ」
「岩にくだける」

などとあった。私は「白き波立つ」がいいだろうと言った。水が青々としているというのは平凡だし、岩にくだけるのも急流では当然と言えるからだ。結局、

鶯　や　白　き　波　立　つ　梓　川

で一句完成。入門四ヵ月の作としては上々と言える作になった。

〈実例・２〉

季節は秋十月。五十代後半の定年近いサラリーマン、自宅書斎での作句。俳句歴一年。

秋も日ごとに深まって、朝晩は肌寒さを覚えるほど。作者は定年を半年後にひかえ、心の中にも肌寒さがかようような思い。暇があると机に向かって写真、住所録の整理や、定年後の生活設計を案じている。木犀の匂いもうすれ、コオロギのこえも弱々しくなったようだ——といった場面。

あるていど〔型・その1〕になじんだ作者は、下五は「古机」でいこうと早くからきめていた。古机に今の自分のおもいを託そうというのだ。けれど上五の季語を「木犀」にしようか「蟋蟀」にしようか二、三日迷っていた。どっちでもイケそうに思えたからである。が、ついに「蟋蟀」にきめた。木犀の匂いより蟋蟀の鳴きごえのほうに、より心を惹かれている自分を確かめた結果である。これで、

蟋蟀や　（中　七）　古机

という形が、まずできたわけだ。あとの中七だが、こういう場合、自分の感情をむき出しにした言葉にすると失敗する——そう私に言われていたので、作者は、定年前のわびしい感情を抑えて、ひたすら「古机」と自分とのかかわりを見つめるよう心がけた。そうして、

蟋蟀や捨てかねてゐる古机

という句にした。これも一年生としては上々。机とともに過ごした歳月への愛惜（あいせき）が感じられます。

以上の二例で作句の手がかりが摑（つか）めたかどうか。まだ戸惑っている人のために、手順をしるしておこう。

① 詠いたいと思う対象をよく見つめて、その中から下五名詞止めに使う五音の名詞を探す。

② 次にその下五とひびき合うような（配合としてちょうどいいと思える）季語をきめる。（①と②の手順は逆でもいいが、季語をさきに選ぶと、中七でどうしても季語のことを言いたくなる傾向がある）

③ あとは中七で、もっぱら下五の名詞のことを、見たとおり素直に言うようにする。（気どったり、いいカッコウしようなどと思ってはいけない）

④ 最後に、作品がちゃんと五・七・五になっているかどうか、確かめる。

ひとまず、これでいいでしょう。これからだんだんと馴（な）れるにしたがって、いろいろ教えていくから、今はこれだけで十分。さあ、ためらわずスタート！

（注）　来週までにこの〔型・その1〕で二句作ること。

今週は説明もいろいろあり、また、たいへん重要なことを書き、分量が多くなりました。ふだんの週より日数を余分にかけて、よく読み、かつ、俳句も二句とかぎらずたくさん試作するように心がけて下さい。

◎今週の暗誦句

鱚釣りや青垣なせる陸の山　山口誓子（明治34年〜平成6年）
匙なめて童たのしも夏氷
美き雲にいかづちのゐるキャムプかな
捕鯨船嗄れたる汽笛をならしけり

第9週

第一作をどう詠んだか

＊作ることが先決
＊モデルの五人
＊「一直線の飛行雲」
＊子どもの句は幼稚になる
＊一ヵ月に何句作るか

作ることが先決

先週は、「来週までに〔型・その1〕で二句作ること」を宿題に出した。はたしてちゃんと作ったろうか。「作ること」を指定したときは、忠実に実行してくれなければ、この本はなんの役にも立たない。20週でそこそこの作り手になるなんてことも、保証できません。それだから、二句作らなかった人は、なんでもかんでもガムシャラに作ってから、今週にはいるようにしてもらいたい。と言うのは、これからは実作本位の話になる。したがって、俳句を作った人には、「なるほど」とか、「そうか、そうか」とうなずける指摘や説明が多くなるけれど、俳句を作らないで読む人には、そのへんの機微がもう一つピンとこない。したがってなんの勉強にもならない。

本書はあくまでも「俳句を作る」ための本、ぜひとも「作りながら読みすすむ」ことにして欲しいと思う。

モデルの五人

さて、みなさんの作った俳句を私が添削し、よりよき作り方を修得してもらう、という方法がとれれば一番いいのだが、それはちょっと不可能な話。そこで、みなさんの代役として五人のモデルに登場してもらうことにした。

このモデルたちは、読者のみなさんと同じペースで私の説明をうけ、同じように作句することになっている。たとえば、〔型・その1〕の説明をしたあとで、「一週後に二句作ってらっしゃい」とノルマを言いわたす。当然一週間後に作ってくる。その中から適当と思われる作品をここに掲げ、良い点悪いところを指摘しながら、よりよき作り方を身につけようというわけです。

みなさんは、自分の作った俳句とくらべてみて、同じような失敗をしていたり、あるいは思いがけずうまくできているらしい、と感じたりしながら、このモデルの歩みと一緒に歩んでくれればいい。とにかく、自分で作りながら読みすすんでいけば、どこかで必ず「あッ、そうか」と思うことがある。

どうか以上のような心ぐみで、これからは読んで下さい。

ではモデルを紹介します。いずれも本書のために雅号を考えました。

さとみ　20代、東京生まれ。女子学生。国文学専攻だが草木花鳥の知識ほとんどゼロ。歴史的仮名づかいを愛し、漢字もかなり知っている。独身。

深志（ふかし）　30代、松本生まれ。サラリーマン。まるで文学っ気はなかったが、自然讃美派。それで俳句でも作ろうか、というわけ。いまだ独身。

美木子（みきこ）　40代、大阪生まれ。主婦。カラマツ、モミなどの直立した樹木が好きというので雅号をこうした。ロマンチスト。一男一女あり。

旅水（りょすい）　50代、仙台生まれ。経理士。ひとり旅、温泉めぐりが趣味。「俳句はかねてから作りたいと思っていた」。嫁（とつ）いだ娘さんが二人。奥さんと二人暮らし。

桂子（かつらこ）　60代、主婦。九州臼杵（うすき）生まれ。娘時代は短歌を作っていた。ご主人と長男夫婦、孫二人、猫一匹と暮らす。猫の話になると夢中。

以上男性二人、女性三人。いずれも首都圏在住者。二十代から六十代までの各世代にひとりずついるから、読者のみなさんは自分に近い世代のモデルに注目していただきたい。また、各モデルの生活環境にもちょっとふれたのは、この人たちの作品を理解するのに、すこしは役立つと思ったから。とにかく、これからずっと一緒に作句していきますから、よろしく。

「一直線の飛行雲」

ところで、モデルのみなさんにも、一週前に〔型・その1〕の作り方を説明して、二句ずつ作ってきてもらった。その十句を挙げることにする。

（なお、このモデルの作句のスタートは四月下旬でしたので、作品も晩春の季節からはじまり、夏、秋と移ります。が、冬、新年の句も参考にしたいので、夏、秋とも推移を早めています。ご承知おき下さい）

葉桜や一直線の飛行雲　さとみ
山吹や山迫りくる高速道
たんぽぽや乗りかえを待つ小海線　深志
春愁や君しのぶ高原長停車
葉桜や子等のこえする滑り台　美木子
春風や黄色い帽子通園児
たんぽぽや流れ眩しむ利根河原　旅水
行春や馬の嘶き都井岬
山吹や訪ねてみれば古表札　桂子
藤咲くや窓辺にひそとかぐはしく

深志、美木子の二人は新仮名づかい、あとの三人は歴史的仮名づかいで、これからもずっと変わらない。さとみさんはさすがに国文学専攻、若いけれど歴史的仮名づかいに挑戦するという。

最初から一句ずつ検討していこう。

〈さとみの句〉「葉桜」の句はよくできた。中七・下五の表現に勢いがあって、そのリズムに若さが感じられる。この調子を忘れぬよう。「山吹」の句を見て目につくのは、「山吹や」の後につづいて「山迫りくる」と、すぐまた山の字が出てくるので、うるさい感じ。「山迫りくる」は、作者が見た印象を率直に表現したのだから、これを外(はず)すわけにはいかない。そうすると「山吹や」を別の花に替えたいところ。「ほかに花を見なかった？」と訊(き)いてみたが、作者、花の名がまったく分からない。山吹も車の同乗者に教えてもらった一つ覚え。それで私が「藤咲くや」を提案してナットク。こんどドライブするときは、植物図鑑などをもっていくといい。

それからもう一つ、下五の「高速道」。これは〈こうそくどう〉で六音になるから、一音の字余り。俳句は五・七・五。当分は字余りはいっさいダメ、がっちり五・七・五で作るべし。で、ちょっと頭をほぐして見直すと、高速道は高速路でも通用する。きっと○○高速道というのが頭に沁(し)みついていたのだろう。結局この句は、

藤(ふじ)咲くや山迫りくる高速路　さとみ

でＯＫ。

〈深志の句〉「たんぽぽ」の句、これが第一作とは大したもの。作者が教わったとおり素直に謙虚に詠ったたまものと言える。たぶん小淵沢駅だろうが、あの辺の風景が目に見えるよう。

しかし、です。「春愁」のほうはいけません。まず中七。〈きみしのぶこうげん〉で二音も字余り。五・七・五がどこかへ吹っとんでしまった。それにこの内容。いかにも安っぽい流行歌調と思いませんか。こういうふうに感傷・観念をそのまま出してはダメ。もっと目に見えたものをフレーズにすることが、俳句では大切なんだ。「君しのぶ」ってのは「春愁や」が十分に代弁してくれているのだから、言いたい気持ちは分かるけど、抑えてもらいたい。

春愁や八ヶ岳見て長停車　深志

というような形で十分。これからも、感傷に流れず観念に走らず、でいこう。

子どもの句は幼稚になる

〈美木子の句〉二句ともちゃんと仕上がっているけれど、難を言えば「春風」の、「黄色い帽子通園児」はちょっとリズムが悪い。ちょっとゴツゴツした感じと思いませんか。もうすこしすらすらと読めるリズムにしたいが、それは「黄色い帽の通園児」とすれば解決する。

　それから、これは今後のために言うわけだけれど、作者の対象にしたのは二句とも子どもだね。まだ中学生・小学生の子どもさんに手を焼いている作者にとって、滑り台であそぶ子どもたちや、幼稚園にかよう幼児たちの姿は、身につまされるものがあると思う。それはよく分かる。だが、子どもを対象にすると、作品が幼稚っぽくなる傾向がつよい。美木子さんの句にもそれが言える。俳句は自分の詩、そして自分史を綴るもの。自分の生き方を見つめ、自分のことを詠ったほうがずっとたのしいはず。

　そのへんのことを心にとめて、対象を選ぶときの参考にして下さい。

〈旅水の句〉やはりちゃんとできた第一作。「たんぽぽ」の句は注文をつければいろいろありますが、生まれてはじめて作った俳句、これでいい。「行春」の句の中七は「馬の断く」としたほうがリズムがなめらか。美木子さんの二句目と同じことです。そしてもっと本格的な詠い方に添削すると、「馬嘶ける」。リズムがずっと緊張感をもってくるのが分かると思う。しかし、これでは添削のしすぎ。添削というのは、原句より二、三割ほど上等になるくらいのところでとどめておくべきで、それ以上にすると原句の作者のものでなくなってしまう。

　この作者、旅行する機会が多いそうだけれど、旅は俳句の大きなテーマの一つ。じっくりと各地の風物をとらえてもらいたい。
〈桂子の句〉ちょっと戸惑いがあったか、それとも勘ちがいしたか、二句目は完全に〔型・その1〕を外れている。

それはあとまわしにして「山吹」から。まず〈ふるひょうさつ〉が六音で字余り。これはさとみさんの「高速道」で指摘したとおり、下五の名詞止めのときは、きっちり五音の言葉を選ばなくてはいけない。それだから、「これ」と決定したら、それがまちがいなく五音であるかどうか、よく吟味する必要がある。音数のかぞえ方は第5週（62頁）で例示してあるから、早く覚えぬといつまでも損をすることになります。

それから、「訪ねてみれば」に対して「古表札」と受けたのは、どういうことを表現しようとしたのだろうか。中七・下五は一つのまとまったフレーズになっていて、すーっと意が通らないといけないのだが、これでは作者の気持ちが感じられない。たぶん、「訪ねてみれば」の中七が、まだ作者の思いどおりの言葉になっていないのだろう。

「藤咲くや」の句。二つのまちがいをやってしまった。
① 下五が名詞止めになっていない。
② 中七・下五のフレーズが上五の季語のことを言っている。
お孫さんの入学のことでそわそわして、どうやら〔型・その1〕の約束をすっかり

忘れてしまったらしい。

大事なことだからことわっておくが、これまでのさとみ、深志、美木子、旅水さんたちの俳句が、第一作としてはおおむねよろしいか、あるいは上々といったぐあいに仕上がったのは、四人がよくがんばったということももちろんあるが、大半は〔型〕のお蔭なのである。〔型〕の利点、特質によって、作者の狙いがうまく五・七・五に表れた、と言っていいのである。もし〔型・その1〕を知らず、ただ「俳句を作れ」と言われて作ったら、おそらく惨憺たる結果になっていたはずである。それほどに〔型〕の恩寵というものは大きいのです。このことを忘れてはいけない。

桂子さんにはもう一度先週の復習をしてもらって、次回を期待することにしよう。

一ヵ月に何句作るか

以上で〔型・その1〕による第一作への挑戦と、その結果の講評をひとまず終るが、みなさんの第一作はどうだったろうか。

ところで、この〔型・その1〕は、〔四つの型〕の中でも一番の基本型とも言うべきもので、もっとも俳句らしい型、俳句の原型と言っていいほどのものである。したがって、一句や二句作って、「やれやれ」と思っているようでは困るのです。五十句でも百句でも、徹底してこの型で作る。イヤというほど作ってみることをすすめたい。

私の担当するカルチャー教室では、これを何回も反復して修練するが、残念ながら本書ではそれができない。読者のみなさんがそれぞれ自覚して、この型でたくさん作ることを希望する。

ここで参考のためにしるしておくと、一ヵ月のあいだに何句ぐらい作ったらいいか、という質問をときどきうける。これは多作型、寡作型ということともからむから一概に言えないが、初学のころは〈たくさん作る〉ほうがよろしい。たくさん作句しているうちに、俳句という形式のあれこれが、薄皮を剝ぐように感得されるということがある。言いかえれば〈実作で鍛える〉ということになる。

私はふだん、そういう質問をうけると、

「俳句は一千句ぐらい作ると、どうやら身についた感じになる。早く一千句作ることです」

と答える。たいていの人は「ひやぁ」とか「ふえぇ」とか奇妙な声を発して驚くけれど、次のように考えたら一千句の壁もそんなに厚くはないと思う。

たとえば、一日一句ずつ作る。これは一つの勉強法として作句歴の長い人にもかなり普及している。しかし、一日一句がムリならば一ヵ月三十句作る。一ヵ月に作る俳句の数は三十句で同じだが、一日一句より一ヵ月三十句のほうが、ずっとラクです。まあ、このへんが標準作句数と言っていいだろう。一ヵ月三十句とすれば一年では三百六十句。一千句までは三年足らずで達成できる。ところが、一ヵ月十句しか作らぬ人は、一年に百二十句だから、一千句までは八年かけてもまだとどかない。これはたいへんな差だと分かるでしょう。

俳人のあいだでは「多作多捨」ということがよく言われる。たくさん作ってたくさん捨てることだけれど、「多作は分かるが多捨とはなんだ。せっかく作ったのにもったいない」という人が少なくない。さらには、「捨てたほうにいい句があるかもしれない」と疑心暗鬼にかられる人も。そのことをちょっと説明しよう。

多作する、と言っても、すべて名句に仕立てあげようと言うのではない。そんな思いで多作したら七転八倒、たちまち身体をこわしてしまう。多作の本来の目的は、俳句形式とよくなじむということにある。あるいはトレーニングと思えばいい。そうしているうちに、ある日突如として、「これはイケる」という直感が閃くことがある。そうしたら、そこで〈いい句を作ろう〉とがんばればいいのである。

それだから、トレーニングのように作った句を自分の眼で見て、「たいした作ではなさそうだ」と感じたものは、いさぎよく捨てる。そこで「もったいない」とか、「なんとかならないか」などと思わぬこと。そんなぐじぐじした態度では、さわやかな俳句はできません。きっぱり捨てる。が、自選眼に自信がないから「捨てたほうにいい句が……」と、どうしても未練がのこる。けれども心配ご無用。捨てた中にいくぶんいいタネがのこっていたとしても、あなたは勉強して進歩するんだから、捨てたタネほどのものは、このさきいくらでも自分のものにできる。いや、もっといい形で自分の中から湧いてくる。安心して捨てなさい、と申しあげる。

さあ、当分のあいだ〔型・その1〕の修練をつづけよう。そして一ヵ月三十句作るようにしよう。

◎今週の暗誦句

さみだれのあまだればかり浮御堂
探梅やみさゝぎどころたもとほり
葛城の山懐に寝釈迦かな
うつくしき芦火一つや暮の原

阿波野青畝
（明治32年〜平成4年）

第10週
基本から応用へ

＊〔型・その1〕の応用型
＊俳句は韻文である
＊「や」「かな」の併用はタブー
＊「万緑」という季語

〔型・その1〕の応用型

〔型・その1〕の練習、つづけているだろうか。この型は飽きるくらい作っておく必要がある。倦まずたゆまず徹底して作句してもらいたいと思う。

ほんとうは〔型・その1〕を完全にマスターしたことを確認してから次へすすみたいのだが、そのへんは読者のみなさんの自覚にまつことにして、今週は〔型・その1〕の応用型を修得しよう。

まず、次の諸句を読んで下さい。

秋晴や宇治の大橋横たはり　富安風生
春寒や障子の外に藪がある　細見綾子
玫瑰や今も沖には未来あり　中村草田男

寒雷や針を咥へてふり返り　野見山朱鳥
軽暖や写楽十枚ずいと見て　飯島晴子
たんぽぽや日はいつまでも大空に　中村汀女
夏帯や泣かぬ女となりて老ゆ　鈴木真砂女
あぢさゐやきのふの手紙はや古ぶ　橋本多佳子

この形と〔型・その1〕との共通点は、

①上五に季語を置き、「や」で切る。
②中七・下五はひとつながりのフレーズである。
③中七・下五は、上五の季語とまったくかかわりない内容である。

という点。つまり〔型・その1〕のポイント①④⑤と同じということが分かるだろう（107〜108頁参照）。ちがうのは下五が名詞止めではないというところ。下五には動詞、形容詞などが使われている。

〔型・その1〕でしっかり作句してからこの形にあうと、ずいぶんラクな作り方だと思うにちがいない。まあ、それだけ〔型・その1〕がきびしいということになるわけだが、ここでもう一度強調しておきたいのは、右の②と③である。併せて言えば、

《中七・下五は一つのつながったフレーズで、上五の季語とまったくかかわりない内

容である》こと。ここをしっかりやらぬと成功しない。型の恩寵をうけることができない。

しかし、〔型・その1〕をマスターした人なら、もうその点は十分に認識しているはず。早速これで作ってみよう。来週と言わず今週中にその収穫を見せてもらうから、すぐ二句作るようがんばって下さい。

型になじんでもらうために、あと六句ほどお手本を掲げておく。

笹鳴や万年筆が見つからぬ　川崎展宏
竹散るや川の端までよく流れ　岡本眸
水仙やカルテ一葉死へ急ぐ　川畑火川
亀鳴くやむかし耶蘇名を欲りもして　大石悦子
初蝶やさて厄介な虫も出づ　山上樹実雄
豆飯や佳きことすこしづつ伝へ　上田日差子

以上の句、そしてこれからの引用句についても、特別の場合をのぞき私の解釈や鑑賞は加えません。なるべく理解しやすい作品を引用してあるから、朗誦しているうちに「意おのずから通ず」で、手ごたえを感ずるようになると思う。季語や用語で分からないものは、すぐ『歳時記』や辞典類で調べる。自分の努力によって一つ一つ分かっていくということが、俳句を作るうえで大切な基本的態度、と言えるのです。

俳句は韻文である

ここで、まえにちょっと出てきた韻文と散文についての説明をしておこう。手もとの辞書からその概要を抜粋すると、

〔韻文〕韻律による表現効果を主な目的とする文章、詩歌の類。音数律の形式を踏んだ日本の詩・短歌・俳句など。

〔散文〕韻律を踏まない普通の文章。

とある。散文の説明が不愛想だが、小説や評論、随筆といったものがこれに属する。そしてある辞書には、

〔散文的〕詩情のないこと。散漫平凡で、しまりのないこと。

という一項もあった。これと反対のことを考えれば、韻文というものの性格が見当つくのではないか。また「韻」という漢字の一番の意味は、〈ひびき〉であることにも思い及べば、〔韻文〕とは何かもおのずから理解されると思う。

俳句が五・七・五の形式で、切字を大切にしようというのは、韻によって作者の抑えたものを表現する、という重要な目的があるからにほかならない。私がこの好例と

してひきあいに出す句に、

鎌倉右大臣実朝の忌なりけり　尾崎迷堂

がある。源実朝の忌日(旧一月二十七日)を迎えて、「きょうは実朝の忌日だ」と感じ、それをひと息に詠いあげたのである。

かまくらの・うだいじんさねとも の・きなりけり

ごらんのように、中七が十音もあるたいへんな字余りの俳句だが、朗誦してみると、作者の高揚した感動が痛いほど伝わってくる。そして、その韻律を通して、作者の歌人実朝追慕のおもいが、なみなみならぬことを知るのである。意味内容はほとんど無にひとしいけれど、一句の感銘はじつに大きい。すべては韻律と、「けり」という切字のはたらきによるものである。「けり」の切字については、やがてあらためて修得してもらう予定だが、「俳句は韻文」という自覚は、今からしっかり固めておいてもらいたい。

要するに、「一句できた」と言っても、それを読んだとき、でれでれしたり、ぐじぐじしたり、もたもたしたり、ごたごたしたりしていたら、まだ韻文としての風姿がととのっていないと思えばいい。「今は一句作るのにやっとで、そこまで手がまわらない」と言う人があるかもしれない。よく分かります。それは十分に承知のうえで私も言うのだが、韻文ということをたえず念頭においておけば、やがてキリッとした俳句ができるようになる。そのことを頭に入れておくだけでいいのです。石田波郷という大先輩は、「(十七音の)短い散文で何が言えるか」と喝破している。

それでは応用型の作品を見ることにしようか。

蓮咲くや不忍池に雨あがる　さとみ
朝市や戸板に並ぶ蕪赤く
葉桜やオルガンの音遠くかな　深志
メーデーや乳母車押す主婦もいて
青萩や夫にやさしくわれありぬ　美木子
あじさいや母に貰いし夫婦箸
万緑や人もまばらな城址に　旅水
万緑や旅の疲れの腰叩く
若竹や女あるじの料理店　桂子
梅雨雲やロンドンからの友の文

〈さとみの句〉「蓮咲くや」はいちおう形はできた。けれども冷静によく見ると、

「蓮の花」は「不忍池」に咲いているわけだから、〈不忍池→蓮の花〉という関係が歴(れき)然(ぜん)と出てしまう。すなわち、「中七・下五は季語とまったくかかわりない内容」ではなく、大いにかかわった内容になってしまった。ちょっと困ったね。はじめのうちは、こういう関係がよく分からない。どうしたらいいか迷う。「蓮咲くや」もはずせない。「不忍池に雨あがる」も動かしがたいと思う。さあ困った。

　こういうときは、中七・下五のほうを生かして、上五の季語を替えるしかない。しかし、ただ漫然と替えてもうまくいかない。どのように替えていくかというと、「蓮の花」を暗示する、読者に連想してもらえるような、ほかの季語を選ぶことです。たとえば「蟬鳴くや」。蟬が鳴いているのは夏だから、その季節に不忍池へ行けば蓮が咲いているだろうという連想は、あそこを知っている人だったらうかんでくる。そうすれば「池と蓮」というあらわな関係を抑えながら、連想で感じてもらえるという、とてもいい形になる。雨あがりの蟬の声も聞こえてくる。結局、

　　蟬 鳴 く や 不 忍 池 に 雨 あ が る　　さとみ

がいい。

「朝市」の句は失敗作。作者は昨年の夏、高山に旅行したときのことを回想して作ったのだが、朝市を夏の季語と勝手にきめこんでしまった。けれども、残念でした。朝

市は季語ではない。下五の「蕪」が冬の季語なんだけれど、こっちのほうはノーマークだった。

はじめのうちは、こういうことがよくある。だから、つねに『歳時記』をよく見て確かめる、という癖（くせ）をつけるようにしたい。けっして手抜きをしないように。

「や」「かな」の併用はタブー

〈深志の句〉「葉桜」の句は、上五に「や」の切字があり、下五にも「かな」の切字がある。私は切字「かな」を勉強するときになって注意しようと思っていたのだが、さきに出てきてしまった。私の失敗です。じつは、

□や□□かな

というように、一句の中に「や」「かな」という代表的な切字を二つ用いると、内容が二分されて、二物がうまく衝撃しなくなる。二つのものが並立（へいりつ）したままで終ってしまう。まあ、それほどに「や」も「かな」もはたらきが大きいのだ、というふうに理解してもらいたい。で、この二つの切字を一句の中に併用することは、昔からタブーとされている。まったく作例がないわけではないけれども、名人・上手といえどもうまくいかないのです。

したがって、深志君の作は、

葉桜やオルガンの音の遠くより　深　志

としたほうがいい。

ついでに言っておくと、「や」「かな」の併用のほかに、

□や□□けり

という「や」「けり」の併用もタブーであったが、昭和にはいってからときどき見られるようになった。

去来忌やその為人拝みけり　高浜　虚子
降る雪や明治は遠くなりにけり　中村草田男
鮎打つや天城に近くなりにけり　石田　波郷

といった句であるが、成功例はこれも少ない。初心者はまず避けたほうがいいだろう。

次の「メーデー」の句の、「乳母車押す主婦もいて」は、メーデーの行進の中にそれを発見して、ほほえましいと感じてできた作だと思うが、この中七・下五は完全に「メーデー」の一齣。メーデーそのものと言ってもいいくらい。だから上五を「や」

で切っても、省略がきいてない。上五から下五までずーっとつながった作り方です。これでは型を生かした詠い方にならない。そうかと言って、さとみさんの不忍池の句のように、ほかの季語を用いて「メーデー」を暗示する方法もムリです。残念ながらこれも失敗作ということになる。

しかし、あとで説明するけれど、こういう「や」の使い方もないわけではない。が、今の段階では、これでは成功率が低くて型の恩寵にあずかれないので、あえて失敗作とするわけです。また第11週「リズム感と格調」（140頁）で説明するから、そこを読んで納得して下さい。

〈美木子の句〉前回は子どもがらみの内容だったが、こんどは夫と母。これで結構です。自分の周囲の人やものを見つめることが、やがて自分を見つめることにつながるのですから。

前句の「夫にやさしくわれありぬ」は、もうすこし具体的に、どうやさしくあったかということを示したら、作品自体も迫力が出てきたはず。俳句を詠うときは、対象を概括的に摑むより、その中の一点に絞って詠うようにしたほうが効果的で、言いかえると、「部分を詠って全体を想像させる」ことがトクなやり方。この点についてはいずれ詳述する。「青萩」の季語はとてもよかった。新鮮です。

「あじさい」は〔型・その1〕基本型でやった。もう一度この作り方の感触を試してみたいという考えだが、この態度、悪くない。夫婦箸を買ってくれた母親の気持ちを、箸を媒体として感じ味わっている句。

「万緑」という季語

〈旅水の句〉二句とも「万緑」の季語で作った。この季語はわりあい新しい季語で、昭和十四年作の、

万緑の中や吾子の歯生え初むる　中村草田男

の一句をもって嚆矢とする。以来爆発的に普及して、こんにちでは使用頻度で十指にはいるほど。それだけ使いやすい季語と言われるわけだが、一方、かなり安易に使われることが多いのも事実。

この二句も前句のばあいは城址という場所が明示してあって、そのひそかな感じが出ているので難はない。けれども後句の「万緑」はいささか問題あり。と言うのは、「旅の疲れの腰叩く」という作者の動作が、いったいどういう場面でなされたのか、そこが明確でないからです。「万緑」と言えばおおよそ戸外のイメージ。だが、ただ戸外らしいだけでは俳句の訴える力は弱い。もっとその場面を具体的に示す必要があるのだが、じっさいには口で言うほどやさしい問題ではない。戸外ということにする

と相当むつかしいのです。そこで、いっそ自宅に戻ってからのことにしたらどうか。一例を挙げると、

風鈴(ふうりん)や旅の疲れの腰叩く
花茣蓙(はなござ)や旅の疲れの腰叩く

といった室内を連想させる季語を使って、自宅に戻って、「やれやれ」とひと息ついた作者を想像してもらうわけです。

以上のことは、季語の使い方一つで、中七・下五のフレーズが生きたりアイマイになったりすることを教えてくれる。このことも今後の一つの勉強材料としたい。

〈桂子の句〉前回は〔型・その1〕で作らなかったので、桂子さんにはそれをしっかりやるように言って、応用のほうはあとまわしにしたのだが、今回は合格。前句「料理店」と「料理屋」とではちょっとイメージがちがっていて、「若竹や」とくれば料理屋のほうがふさわしいと思うが、それでは下五が字足らずになってしまう。まあ、「よし」とすることにしよう。

後句も型どおりにできている。ただし季語「梅雨雲」については、旅水さんの二句目の「万緑」で言ったことを参考にして、手紙を読んでいる作者がもっと浮彫りされるようなものを選びたい。さあどんな季語を選ぶか、これも勉強勉強。

◎今週の暗誦句

神田川祭の中をながれけり
竹馬やいろはにほへとちりぐに
おもふさま降りてあがりし祭かな
パンにバタたつぷりつけて春惜む

久保田万太郎
（明治22年～昭和38年）

第11週

上五の切り方

＊「や」以外の切字で作る
＊リズム感と格調
＊「ガム噛んでゐる変声期」
＊〔型・その1〕はふるさと型

「や」以外の切字で作る

ここへきてあらたまって言うかっこうになってしまったが、本書では終始、切字「や」「かな」「けり」の効果を十分に活用した俳句の作り方を中心においている。そしてこれまでは、上五を「や」で切る作り方を修得してきたわけである。

しかし、まえにもちょっとふれたけれど、切字は「や」「かな」「けり」の三種だけではなく、さまざまな切字や切り方がある。芭蕉も「切字に用ふる時は、四十八字皆切字なり」と言っている。私がそれを承知のうえで「や」「かな」「けり」の三つに絞ったのは、そんなにあれこれの切字を学んでも、アブハチ取らずに終ってしまう懸念があったからです。が、いちおう実作編も三週過ぎて、読者のみなさんも俳句の輪郭がおぼろげながら分かりかけてきたのではないかと思う。少なくとも、上五を「や」で切ることの効果については、あるていど理解できているにちがいない。

そこで今週は、上五を「や」以外の切字を用いて切った例句を示すので、その実作をまた見せてもらいたい。はじめにことわっておくと、以下の句もすべて原型は〔型・その1〕にある。すなわち、これらも応用の型ということになる。そのへんをしっかり見とどけて実作にはいってほしい。

桐咲けり天守に靴の音あゆむ　　山口　誓子
蓬萌ゆ憶良旅人に亦吾に　　竹下しづの女
暖かし猫につきたる子の刈毛　　田川飛旅子
蚊帳青し息つまるまで思ひ追ふ　　上村占魚
雪やまずひとりとなりて出羽の酒　　角川源義
雪嶺よ女ひらりと船に乗る　　石田　波郷
秋炉あり逢ひたき人に逢ひ得つつ　　松本たかし
燕来ぬ文字ちらし書く爪哇更紗　　水原秋桜子

わずか八句だけの例示では手がかりが摑めないかもしれないので、上五の切字部分だけ示してみると、次のような使い方がある。

「野分せり」「晩夏なり」「冬深し」「霜強し」「道寒し」「月赤し」「松涼し」「春逝け

り」「鶵鳴けり」

まだまだキリがないのだが、このへんを参考にして下さい。

また、この場合も、中七・下五のフレーズは上五の季語と関係なく作ったほうが、切れ味があざやかになることは、「や」のばあいと同じであることを心得ておきたい。これは一句だけ見せてもらうことにしよう。

リズム感と格調

ところで、私はこれまで、「上五を『や』で切って季語を置いたとき、中七・下五は季語とかかわりない内容にする」ことを、しつこく言ってきた。このことはみなさんに大分徹底していると信じてうたがわないのだが、それでは、上五の季語のほうを見ている詠い方、季語とかかわりあう内容の詠い方の句は、絶対ダメなのか、と言うと、そうではない。作例はある。こういう句がそれ。

春の灯やかきたつれどもまた暗し　村上　鬼城
囀や絶えず二三羽こぼれ飛び　高浜　虚子
大雪や港の外を降りかくし　松根東洋城
寒木瓜や先きの蕾に花移る　及川　貞

流燈や一つにはかにさかのぼる　飯田蛇笏

五句いずれも切字「や」を除って読んでも、すーっと意味が通ります。意味が通るということなら、「春の灯」と「大雪」の二句は「や」に替えて「は」を、ほかの三句は「や」を「の」に置きかえれば、まあ俳句の体をなす。けれども、そうやって「や」をほかの「てにをは」にふり替えてみると、どの句も一本調子のリズムになって、韻文らしいひびきが消えてしまうのが分かるだろう。

大雪は港の外を降りかくし
寒木瓜の先きの蕾に花移る
流燈の一つにはかにさかのぼる

読み下してみると、「俳句を読んだ」という快感がない。なんとなく間がぬけている。これでは、リズムを大切にする作者なら、やはり「や」で切りたくなるはずである。

そうなんです。これらの「や」は、みな一句にリズム感をあたえ、格調をととのえることを主目的とした「や」であって、私の説明している「や」の用途とは、すこしちがうのです。

　じつを言うと、これらの作はみな昭和二十年以前の句です。いわゆる戦前にはこういう「や」の句がずいぶんあった。今でも多少見かけるけれど、作例を探すのに骨折るほど少なくなったし、あったとしても佳作に乏しい。どうしてこんな変化が生じたのだろうか。

　その原因は、

　① 切字軽視の傾向が広まった。

　② 韻文としての俳句の自覚が薄くなった。

ということに尽きる、と私は見ている。①と②は別々のものではなく連動しているのであって、ひとくちに要約すれば、まえに引用した石田波郷の言った、「十七音の散文」化が俳壇に蔓延(まんえん)した結果にほかならぬのです。嘆かわしいことである。

　しかし、私がこの「や」の使い方を避けようとしているのは、ほかの理由からである。

　この五句のうち「大雪」を除いた四句をよく見ていただきたい。

　　春の灯やかきたつれどもまた暗し

　　囀や絶えず二三羽こぼれ飛び

これは配合、二物衝撃の作り方とはちがうことが分かるだろうか。そう、「春の灯」「囀」の一物俳句と言える詠い方です。一物俳句のむつかしさについてはまえにもふれた（102頁参照）。あそこで言ったことを思いだしてもらえば、私がこの方法を避けようとしている理由が納得されるかと思う。

今のみなさんはなんと言っても初心者だから、こういう作り方では型の恩寵にあずかれない。君子危うきに近寄らず、ただいまの段階では食指をうごかさぬほうが賢明と言えるのである。

「ガム噛んでゐる変声期」

では宿題句を見ることにしよう。

晩夏なりガム噛んでゐる変声期　さとみ
汗ふけり大きな石に腰かけて　深志
水打ちぬ友来るころと思われて　美木子
鯖うまし味噌の味つけまたよろし　旅水
梅雨晴れり使ひなれたる化粧水　桂子

〈さとみの句〉　身近な少年を詠んだのだと思う。変声期の少年、しかしまだガムなど噛んでいて、いくぶんあどけなさも見える少年をよく表現し得たと言える。好調好調。

念のため言っておくと、「晩夏なり」もとてもいい。俳人は「晩夏光」というのが好きで、こういう場合、しばしば、

　晩夏光ガム噛んでゐる変声期

などと表現するけれど、これではリズム感に乏しいね。ピリッとしない。「晩夏なり」のほうがずっといいことを、よく味わって欲しい。

〈深志の句〉汗をふいているんだから、この石は木陰にあると想像される。「大きな」がはからずも作者の安堵感を象徴する結果になった。前回は冴えなかったけれど、今回は発奮して、同じ型で五句作り、その中から自選して一句提出したと言う。そう、そういった自分なりの努力が大切。ただ安閑と教えられることをまっているだけでは、何ごとにも進歩はないからね。

〈美木子の句〉今回も家庭俳句。いいんです、これで。ちょっと添削すると、

　水打てり友来るころと思いつつ

としたほうがいい。「水打ちぬ」「水打てり」は同じようだけれど、「水打てり」のほ

うがどこか勢いがあるし、そうなると「思われて」を「思いつつ」として躍動感を強調したい。躍動感というのは、このばあい〈友を待つ心のはずみ〉であり、また〈水を打つときのいきいきした動作〉です。それが韻文としてのひびきにかなっていること、言うまでもないでしょう。

〈旅水の句〉　洒落(しゃれ)たところをねらって、旅好き、食べ歩き好きの作者らしいけれど、残念、上五の季語のほうを見て中七・下五を作ってしまった。これは宿題の作り方という条件を外して鑑賞すれば、けっして悪くはない。むしろ、作句をはじめてまだ二ヵ月余りの作者としたら上出来。しかし今は型どおりに作ろうという勉強中だから、型をふまなかったマイナス点は大きい。型の修得は一つ一つこなしていくわけだから、それをやらぬと自分が損する。自戒自戒。

〈桂子の句〉　「梅雨晴れり」という言い方はないのです。文法的に正しい言い方は「梅雨晴れたり」。それでは字余りになってしまうから、ほんとうは「梅雨晴や」としたい。が、これは宿題とちがう。そうすると「梅雨晴れぬ」。あとの中七・下五のフレーズの作り方、とくに下五の名詞止めがようやく板についてきたようです。この感触忘れぬよう。

〔型・その1〕の基本から応用まで、三週にわたって実作してきた。モデル五名の平均的出来ばえは、私の見るところ中の上といったところだが、「俳句を作る」ということのおもしろさが、それぞれに芽生えつつあるように感じられる。これからがたのしみだ。

これで「上五で切る」という形、私の言うところの〔型・その1〕の実作を終って次に移るわけだが、「上五で切る」作り方はまだほかにもあることをしるしておく。この作り方は〔型・その1〕を自分のものにしている作者なら、自分だけで十分に消化できるはずだから、折を見て試作してみるといいだろう。

吊橋や百歩の宙の秋の風　水原秋桜子
大阪やけぶりの上にいわし雲　阿波野青畝
あけぼのや花に会はんと肌着更へ　大野林火
暗黒や関東平野に火事一つ　金子兜太
葬や半日暑き独活畠　岸田稚魚
ふるさとや多汗の乳母の名はお福　三橋敏雄
月の出や印南野に苗余るらし　永田耕衣
稚魚さへや鰭美しき冬はじめ　布施伊夜子

この上五は、「月の出」以外は季語ではない。季語（傍線）は下五や中七にある

〈「月」は秋の季語だが、このばあいは「余り苗」の句として作られているから、夏の月ということになります〉。

そして、こういう作り方のときは、季語は上五にないのだから、上五の言葉にかかわることを中七・下五で述べてもさしつかえないのである。

〈型・その1〉はふるさと型

とにかく、これで「四つの型」のまず一つを修得したことになるわけだが、最初に強調したように、この〈型・その1〉は四つのすべての型の基本形とも言うべき、俳句そのものといった型である。したがって、五句や十句ていど作ったくらいでは、じつは修得したなどと安心していられないのである。百句二百句と作って、何かをハッと感じると、すぐに、

季語や		名詞止め

の型にそってすっと言葉がくる、そんなぐあいにならないといけない。

なんでこうもくどく言うかといえば、この型をばっちり身につけておけば、将来ずっと〈ふるさと〉の役目を果たしてくれるからである。たとえば、みなさんはこれから、さらに第二、第三、第四と型を覚え、俳句の作り方に馴染（なじ）んでくる。そして、こ

の本一冊読了するころには、まあ、そこそこの俳句が作れるようになる。そうなるとすこし欲も出て、もっとまえへすすみたい、もっとレベルの高い句を作りたい、とのぞむ人も当然出てくるだろう。あるいは、俳句の専門雑誌を購読して、ぐんぐん伸びていく人がいるかもしれない。そういう段階になると、私の言う「四つの型」以外のさまざまな作り方を知ってくると思う。それはそれでいいことなのだが、何年かつづけていると、突然スランプがやってくる。大きな壁にぶち当たって、自分の作句にすっかり自信をなくしてしまうことがある。スランプを知らぬ人は結構だが、たいてい一度や二度は経験する。私もそんなことが、二、三回あった。

私がスランプになったとき先輩に相談したら、

「初心にかえれ」

と言われた。そう言われて俳句入門当初の謙虚さをもとうと努力したけれど、作句のほうはなんの解決の糸口も見つからない。さんざん困った記憶がある。

じつは、そんなとき、もう一度〔型・その1〕の作り方を実行してみるのです。一番の基本の基本のところへ戻ってきて、やり直してみる。必ず「そうか」と閃くものがあると思うし、ごく自然に壁を突きやぶることができると思う。それほどに私は、この〔型・その1〕の力を信じている。

〔型・その1〕がみなさんの〈ふるさと〉になると言うのも、この型に寄せるつよい信頼感があるからです。どうかこの型を、たっぷり自分の身体に沁みこませる努力を、惜しまないでいただきたい。

◎今週の暗誦句

朝顔の双葉のどこか濡れゐたる
翅わつてんたう虫の飛びいづる
まつすぐの道に出でけり秋の暮
づか〳〵と来て踊子にさゝやける

高野　素十
（明治26年〜昭和51年）

第12週

二つめの型へ進む

＊〔型・その2〕
＊〔型・その2〕の応用型
＊古臭さ・常識・独善はいけない

〔型・その2〕

今週から〔型・その2〕にはいる。
早速お手本を見よう。

寄せ書の灯を吹く風や雨蛙　　渡辺　水巴
ふるさとの沼のにほひや蛇苺　　水原秋桜子
真下なる天龍川や蕨狩　　富安　風生
うちまもる母のまろ寝や法師蟬　　芝　不器男
ひとびとの言葉しづかや初蕨　　八木林之助
またしても赤城に雪や朝桜　　上村　占魚

この六句の共通点を見ると、中七の終りに切字「や」があること、下五が季語で名詞止めになっていること、の二点であるが、これを〔型・その1〕にならって図にしてみると、次のようになる。

（上　五）	（中　七）	（下　五）
	や	季語（名詞）

これを〔**型・その2**〕と呼ぶことにする。

このたびも一句めの「雨蛙」の句をサンプルとして、この型の説明をしよう。

「雨蛙」は夏の季語。念のために一言すると、ただの「蛙（かわず）」は春。「ややっこしいな」と思うかもしれないが、そう思うのは最初のうちだけ、俳句を作りなれてくると、さほど苦労しなくてもしぜんに記憶にのこるようになる。季語の数は六千とも八千とも言われるけれど、一人の作者が生涯にその全部を使いこなすわけではない。「ずいぶんたくさんの季語を使った」と思われる俳人でも、二千にはとどかない。まあ、一千を超えれば多いと言われるほうだろう。だんだんと使いやすい季語や好きな季語というのができるから、それを中心にして記憶を広げていけばいいのである。

「雨蛙」の句に戻ろう。

「寄せ書の灯を吹く風や」は、さしてむつかしい内容ではないだろう。数人で山の温泉にでも行ったとき、夕餉（ゆうげ）の折、誰かが言いだして、当日にわかに参加できなくなった仲間の一人に、寄せ書きをして送ろうということになった。夏のいささか蒸（む）しむしする夜だから、窓は開けている。金亀子（こがねむし）や蛾（が）などが飛びこんできたかもしれない。うす暗い電灯の下で作者が書こうとすると、窓からサッと風が吹き入って電灯がゆらいだ。そこを素早くとらえたフレーズだが、切字「や」に、作者のさまざまなおもいが集約されていることは、もう説明を要しないだろう。そう、詠嘆あり省略ありで、しかもこの句の姿をキリッとさせるひびきをもった、「や」である。

そして「雨蛙」。風によってふと心がくつろいだとき、それまで気にとめていなかった雨蛙のこえが、なんともうれしく感じられたのである。開けてある窓の向こうの、木の茂みから聞こえてくるにちがいない。

句意はおおよそ以上のようだが、これをまた〔型・その2〕の図に当てはめてみる。

（上　五）	（中　七）	（下　五）
寄せ書の	灯を吹く風や	雨　蛙

さらに、内容的に二つに分けて図示すると、

（上　五）		（中　七）		（下　五）
寄せ書の		灯を吹く風や		雨　蛙
	（B）		（A）	

という構成であることが分かる。つまりAとBとの配合ということが納得されるだろう。ここまで言えばもう、Bのフレーズが季語「雨蛙」と直接かかわりのない内容であることも、ピンと感じているにちがいない。つまり一句の組み立て方は、A（季語）とB（ひとつらねのフレーズ）という形であるから、これは切字「や」と季語のある位置の違いはあるけれど、基本的には〈型・その1〉と似かよっている。手っとり早く言うならば、〈型・その1〉を逆にした型と言っていい。

けれども、〈型・その1〉では下五にがっちりと名詞をおいていた。

〈男がつくる手打そば〉
〈衣干したる雑木山〉

こうした「手打そば」や「雑木山」がひとつらねのフレーズの要となっていたのだが、〈型・その2〉ではそれが明確ではない。要になる言葉は、あるにはある。冒頭の例句で言うと、「灯」「沼」「天龍川」「母」「言葉」「赤城」であるのだが、見れば分かるように、「手打そば」「雑木山」のように、パッと眼を惹くような形で出ていない

（「天龍川」はその点かなりハッキリしているが）。

したがって、〔型・その2〕のフレーズ（B）を作るときは、このことを頭においておく必要がある。どうするのかと言うと、上五・中七のフレーズによって、ある風景なり人事の場面のイメージが、読者になるべく具体的にうかんでくるような作り方をする、ということ。そのへんを例句によって見よう。

「雨蛙」についてはすでに述べたし、「蛇苺」についても89頁でふれているから省いて、「蕨狩」の句。これは六句の中で一番明快。天龍川の名詞のはたらきが大きいからです。その流れを崖の上から見下ろしているところ。「法師蟬」の「まろ寝」は丸寝の意。午睡している母を見まもっている作者の眼を感じる句。「初蕨」は数人で郊外にあそんだときの雰囲気がある。このワラビ、食べるのではなく、春になって初々しく生いでたワラビです。「朝桜」は、赤城山の雪が消えてもうすっかり春になった、と思っていたのにまたまた雪が降った。春の歩みの遅さに舌打ちしているような「またしても」だが、それとは対照的に麓には朝日を浴びた桜が美しい、といった句。

以上のように、上五・中七によって一つの情景がうかび、それが下五の季語とひびき合っていっそう鮮明になる、というふうにできている。こういったところをよく見て参考にし、来週までに二句作って下さい。

〔型・その2〕の応用型

宿題は右の〔型・その2〕の基本型で作ってもらうが、この型にも応用がいくつかある。それを説明しておこう。

淋しさにまた銅鑼うつや鹿火屋守　原　石鼎
ひつぱれる糸まつすぐや甲虫　高野　素十
校塔に鳩多き日や卒業す　中村草田男
飯粒のこぼる、ことや大暑の子　飴山　實
空を飛ぶ塵やひかりや柳萌ゆ　福永　耕二

右の五句は、基本型と同じく下五に季語のおかれた例である。説明はあとにして、こんどは上五や中七に季語があって、下五は季語以外の言葉から成っている句を挙げる。

炎天の空美しや高野山　高浜　虚子
たんぽぽの大きな花や薄曇　松本たかし
藁塚の茫々たりや伊賀に入る　西東　三鬼

かりそめに燈籠おくや草の中　　飯田蛇笏
鹿の斑の夏うるはしや愁ふまじ　　橋本多佳子
うつくしき芦火一つや暮の原　　阿波野青畝

まえの三句は上五に季語があり、あとの三句は中七に季語がある。下五は、「淋しさに」以下の五句もこの五句も、いろいろの形でおかれている。

これらの十句を読んで、何か気づいたことがないだろうか。

今まで作句してきた〔型・その1〕の基本型も応用型も、そしてこんどの〔型・その2〕の基本型も、切字「や」を境にして、前後の内容が異なっていたね。これまでの言い方をするならば、BのフレーズはAという季語とかかわりない内容だった。ところが右の十句は、「や」のまえと後ろで、意味、内容がそれほど大きく変わっている感じはしない。まあ「鹿の斑」の句は例外としても、ほかの九句はだいたい「や」を外しても、意味はすーッと一本とおりそうである。

淋しさにまた銅鑼うつ　　鹿火屋守
炎天の空美し　　高野山

というぐあい。また、「藁塚」の句も、

藁塚の茫々たる　伊賀に入る

と一字替えれば、意味は一直線になる。このあたりが基本型と大いにちがう点である。これはどういうことかと言うと、端的に言えば、〈季語〉に直接切字「や」がついていないからであるが、もっとつきつめて言うと、この「や」は主として、一句の韻文としてのリズムをととのえるために使われているのである。もちろん切字だから、詠嘆もあれば省略もあるのだが、主目的はリズム感の高揚というところにある。

ところが、この中七を「や」で切る型、基本型でも応用型でも、こんにちの俳壇にたいへん少なくなってしまった。この本に適当なサンプルを拾いだすのに、苦労したほどです。このことは第11週（140頁）の、

春の灯やかきたつれどもまた暗し　村上鬼城

囀や絶えず二三羽こぼれ飛び　高浜虚子

などの説明で言ったこととまったく同じ。すべて切字軽視、韻文意識の欠如に発するとしても過言ではないのです。

たとえば、「鹿火屋守」「甲虫」「炎天」「燈籠」などの作を、今日風に作り替えるとこうなってしまう。

淋しさにまた銅鑼をうつ鹿火屋守

ひつぱれる糸まつすぐに甲虫

炎天の空うつくしく高野山

かりそめに燈籠をおく草の中

こんなメリハリのない、意味だけをつらねた五・七・五を見たら、原作者は（みな物故者だが）きっと涙を流して泣くでありましょう。ここはきわめて大切なポイント、次週でもう一度いろいろの作例によって勉強するつもり。みなさんには、とにかく〔型・その2〕の基本型で作ってもらうから、くれぐれもまちがわぬように。

古臭さ・常識・独善はいけない

さて、これまで三回の実作をし、そのつど作り方の要領やコツについては教えてきたけれど、俳句の対象の選び方とか、それをどういうぐあいにフレーズにしていくか、といった点については、あえてふれずにここまできた。はじめからあまりあれこれ注文をつけて、俳句を作り惑うといけないという老婆心からだったが、このへんでそろそろそういう問題に言い及んでもいいかと思う。

このことは、一度だけでは十分に意をつくせぬから、これからも何回か同じようなことを言うかもしれない。とりあえずこんな話からはいっていこう。

私は毎月、私の主宰する俳句雑誌のほかに、新聞・雑誌その他でたくさんの俳句を見、その中からいい作品を選んで誌（紙）上に掲載するための、選句を行っている。その経験によって、こういう「作り方」ではとうていうまくいかない、いい作品はできない、と思われることが、大別して三つある。それを箇条書きにすると、

①　たいへん古臭い対象に目を向けたもの。
②　幼稚なことや、常識きわまりないことを詠んだもの。
③　観念的、独善的なフレーズをふりまわしているもの。

である。これについて私見を述べておこう。

まず、①についての作例には、次のようなのがある。

蟻が這ふびんづる様のてつぺんを
落葉降る水子地蔵の風車
秋も逝く読経の声と木魚かな
月の影酒盃にうかべ花の宿

どの句も私の選句稿から抜いたもので、作者は四句それぞれ別の人です（以下同じ）。

これを読んで、「うん、なかなかいいことを詠っている」なんて思ったら、あなたもあぶない。「なんと情けない古臭さだろう」と感じるくらいでないと要注意である。ごらんのように一句めから三句めまではお寺がらみだが、私の見たところ、「俳句を作る」となると、にわかに神社・仏閣のほうへ足を向ける人が少なくない。どうやら〝わび〟だの〝さび〟だのを勘ちがいしているらしいが、今の時代、もう〝わび〟〝さび〟は古いのです。そんなことは考えず、ということは、学校の教科書に載っている古い俳人の作品などの影響をうけず、現代に生きる作者自身の興味を惹く対象を、ためらわず作品化することに専念すべきです。神官や僧職にある人とかその周辺に生きる人は別として、「俳句を作る」からといって、わざわざ神社・仏閣、そのほか祠なんてものへ足をはこぶ必要はないこと、銘記すべしです。

次は②の作例。

れんげ田にはづんでゐたる子等の声
孫とゐてうれしきビール重ねけり
夫婦して愛の絆の雑煮かな
照り続きひと雨ほしい青田かな

作品が幼稚っぽくなるのは、子どもや孫を詠んだとき。作者も子どもっぽくなって子どもレベルの句を作ったり、孫可愛やの常識作になってしまう。不思議なことに、これも俳句の作りはじめには必ず子ども、孫を詠むようだ。私がカルチャー教室などで、「句に詠んでも成功しないからやめるように」と言っても、詠う。けれどダメなものはダメなんです。「子ども等」なんてやったら一巻の終りと覚悟。三句四句めは常識の最たるもの。常識はどこまでいっても常識、詩にならないのです。

③の作例。

万緑と対話ができて村愛す
新緑の風を育てる保育園
おそ咲きの朝顔われに微笑みて
郵便夫木犀の香もとどけくる

どこがどういけないのか、念を入れて傍線を引いた。この傍線の部分は、作者が対象に接して、「ハッ」と感動したものではない。いや、最初は感動したかも分からないが、それを素直にフレーズにしないで、途中で相当に歪めてしまった。「いいとこ見せよう」とか、「かっこよくいこう」とか、大分よこしまな気持ちがはたらいているはず。こういうねじ曲げたような作句は、まちがってもしないようにしていただきたい。

「俳句を作る」態度の基本は、対象に素直に接し、素直に感動を表現すること。そうした詠い方の中に、しぜんに作者の生き方やおもいが出てくるものです。「写生（しゃせい）」「描写（びょうしゃ）」といったことが俳句の作り方の基本とされ、このことはまた詳述するつもりだけれど、その「写生」「描写」以前に、作者の純粋な素直な態度が要求されるのである。

◎今週の暗誦句

春（はる）の灯（ひ）や女（おんな）は持たぬのどぼとけ
ところてん煙（けむり）のごとく沈（しず）みをり
日野（ひの）　草城（そうじょう）
（明治34年〜昭和31年）

花衣（はなごろも）ぬぐやまつはる紐（ひも）いろ〳〵
谺（こだま）して山（やま）ほととぎすほしいまゝ
杉田（すぎた）　久女（ひさじょ）
（明治23年〜昭和21年）

第13週

「新宿の空は四角や」

＊配合は離れたものを
＊季語の選び方
＊堅いという特徴
＊リズムが表現する

配合は離れたものを

〔型・その2〕の作品を見せてもらいます。

ブルースを聞く足組むや九月尽　　さとみ
編み終えて花屋に行くや木犀花
新宿の空は四角やいわし雲　　深志
品切れの読みたい本や秋の暮
紅うすくひく湯上りや秋の宿　　美木子
鉄塔の空に高しや草の花
湖をまた見る道や秋つばめ　　旅水
税のこと聞かれてゐるや虫しぐれ

日の沈む河のほとりや曼珠沙華　　桂子

海見ゆるホテルの窓や秋袷

では例によって各句を検討してみよう。

〈さとみの句〉「九月尽」なんて季語を使ったのは、かなり『歳時記』と親しんできたことをうかがわせて結構だけれど、この句の場合は損をした。ブルースを聞いている場所が、「九月尽」という季語では漠然としていて、暗示されない。自宅の室内だったら「秋灯」とか「秋桜」（コスモス）などはどうか。旅水さんの使った「虫しぐれ」も室内を連想させてくれるけれど、

音楽←→虫しぐれ

で両方とも聴覚にかかわるから、同じ性質のものを配合するのはトクではないんだね。これからは、そろそろこういうことも考えて作る必要あり、だ。やはり「秋桜」あたりに落ち着くか。庭に咲いている情景。それから「足組む」も名詞にして、「足組」にする。結局、

ブルースを聞く足組や秋ざくら　　さとみ

となって、めでたしめでたし。

「編み終えて」の句、旧仮名では「編み終へて」です。若いからしかたないと言えるけれど、歴史的仮名づかいに挑戦と見得(みえ)を切ったんだから、がんばって――。季語「木犀花」はちょっと不自然。これを五音で表す適当な言葉がないのは困ったね。それに花屋が出てくるから、ここは前例にならって花と花との配合を避けたほうがいい。さあ、これだけ言えば別の季語を探せるだろう。ここは失敗してもいいから、自分で苦労して探す努力をする。それも大切な勉強の一つ。

季語の選び方

〈深志の句〉「いわし雲」の句は自分の見た印象を率直に表現して、若者らしい感覚がよろしい。こういう見方、前例なきにしもあらずだけれど、たいへんいい。自信をもって欲しい。ただし、である。空を見たらいわし雲が見えた、と言うのはいささか単純。ここは空のほうにこだわらないで、パッと目を転じたいところ（――ということで作者と話し合った結果、新宿で酒を飲んだというので、私が「今年酒(ことしざけ)」を提案して結着）。

新宿の空は四角や今年酒　深志

これなら出来すぎ、いや上出来と言っていいほどの作になった。まえにも言ったけれど、季語の選択一つで同じフレーズが生きいきしたり平凡で終ったりすること、この例でよく分かると思う。季語でうんと苦労することが上達の秘訣。

次の「秋の暮」。「読みたい本」と口語を用いた。口語表現はしばしば使われるが、一句が薄っぺらになるという危険がある。俳句は短いから、文語表現が似つかわしいのです。文語に不馴れかもしれないが、安易な気持ちで口語表現にしない心構えをもってもらいたいね。

〈美木子の句〉「秋の宿」はどこかへ旅をしたときの作か。宿に落ち着いて温泉にはいって、ほんのりとうす化粧した。ちょっとなまめかしいところだが、それにしては下五がソッケない。報告的だ。報告的ということは、これこれの場所ですよ、とか、こういうことをしました、と、それだけで終っていて、情趣も情感もない表現。「秋の宿」がまさにそれ。宿のほとりに作者の心をとらえた季語が、何かなかったろうか。萩が咲いていた？　うんそれのほうが「秋の宿」よりずっといい。ただし、家庭における句というふうにうけとめられるかもしれない。が、この場合、旅さきであろうが自宅であろうが、要は作者の湯上りの風情をしっかり描くことが先決なんだね。

「草の花」の句は、深志君の「新宿」の原句のように、空を見たときの季語でなく、足もとに目を転じて摑んだ季語でよかった。この「草の花」、なかなか結構な季語です。

〈旅水の句〉二句ともしっかりできました。「秋つばめ」のほうは、対象がほとんど風景で構成されているから風景句。「虫しぐれ」のほうは反対に人事的なことを詠っているから人事句。大まかにこう分類されている。もちろん便宜的なもので、風景と人事がまじり合った句のほうが多いくらいだから、俳句を作る前から、「風景句を作る」「人事句にしよう」などと枠をきめたりなどしないように。ちなみに、個人的な好みの違いがあるので、風景・人事どちらが詠いやすいかということは、一概に言えない。感動のままになんでも詠う心構えが必要なのである。

〈桂子の句〉「曼珠沙華」の句は、「日の沈む河」まではよかった。が、そのあとに「ほとり」とつけてしまったから、〈そのほとりに曼珠沙華が咲いていた〉というふうに、つながってしまったわけです。作者は「や」で切れていると思っているのだろうが、そうはいかないんだね。じつは、私の十余年教えた経験でも、この「ほとり」的な〈つなぎの言葉〉を、ついうっかり使ってしまう例が多いのです。いくつかの例を挙げてみよう。

礼状を書く目あげるや吊しのぶ
病む父の枕に聞くや秋の蟬
大き荷に疲れて入るや氷店
下町に住みてせはしや冬支度

この傍線の部分、みんな季語のほうに心がいっている。これでは切字「や」の効果を期待することはできない。

それでは桂子さんの作はどうすればいいか。つなぎの「ほとり」をはずして、あくまでも「日の沈む河」の印象を詠えばいいのです。たとえば、

日の沈む河のたひらや曼珠沙華
日の沈む河のしづかや曼珠沙華
日の沈む河波立つや曼珠沙華

先週、「写生」「描写」ということを言ったが、こういうところでそれを実行するのです。頭の中で考えず眼で見たところを文字にする。右の三例では、最初の改作をよしとしましょう。

「海見ゆる」の句。「ホテルの窓」はいささかおセンチ。もうちょっと作者の息づかいが感じられるようにしたい。海岸のホテルだから、きっと広い庭もある。プールもある。そうやって想いだしていくと——、そう「椅子（いす）」があった。

海見ゆるホテルの椅子や秋袷

こうすれば、秋袷を着て椅子にすわり、海を見ている憂愁夫人桂子さんのイメージ

が、ぴしッときまるね。原句とくらべていただきたい。

堅いという特徴

実作はひとまず終りにして、この中七「や」切れの形について、もうすこし説明しておこう。

この〔型・その2〕、とくに基本となる、下五を季語の名詞止めにする作り方は、現今ひじょうに少なくなっている。このことは、切字軽視、韻文意識の欠如ということに起因していると、まえに説明したから覚えていると思う。

けれども一方で、〔型・その1〕のほうはまだまだ衰えない。すでに述べたように、〔型・その1〕が俳句の基本の基本といったものだからでもあるが、さらには、応用型と併せ用いれば、かなり自由にいろいろの表現が可能という、自在性もある。そういうことで重宝されているわけだが、その自在性という点が、こっちの〔型・その2〕には乏しいところがある。それで敬遠されているふしも見られるのです。

〔型・その1〕とくらべれば、〔型・その2〕はたいへん堅確な、がっしりした俳句の作れる型です。私は切字を大切にしているから、しばしばこの型のお世話になるけれど、堅確、堅牢といった特徴は、ときに堅っくるしいとか古臭いといった感じをともなう。ほら、そういう人物がよくいるでしょう。ものごとなんでもきっちりやる、仕事を任したらまちがいない、けれど頑固一徹で、陰では「ゆうずうがきかないねぇ」なんて言われている。私、そういう人を好きなんでたとえに出したくないのだけれど、話を分かりやすくするためには致し方ない。じつは〔型・その2〕は、そんなおやじさんの感じなんだ。したがって、いささか敬して遠ざけられるのもやむを得ない、と言えばいえる。

しかし、と私は反論する。古臭い、ゆうずうがきかない、というならば、その古臭さ、ゆうずうのきかなさを消して、なおかつ切字の効果を発揮する表現を考えればいいではないか。欠点だけをあげつらって、一方の長所を忘れては困る。欠点を消し長所を伸ばす方法があるんじゃないか。

そのとおり、ちゃんとある。

どういう方法かと言うと、〔型・その2〕の切字は言うまでもなく「や」である。そして「や」のつよさ、重さが堅確・堅牢をもたらしていることはまちがいないが、古臭い感じや堅苦しい感じをあたえるのも、やはり「や」なるがゆえである。だからこのさい、「や」という切字にはしばらくお引きとり願って、ほかの切字を使うようにすればいい。五音・七音・五音の終りは、切字を用いる要点・要所である。町の構成にたとえれば、町役場や駅や繁華街にあたるところ。ここがポシャったら町の繁栄はのぞめない。俳句だって同じこと。要点・要所はちゃんと切らなければ、立派な俳句にならぬのです。
まあ、そういうことなんだけど、こんにちの俳壇でも、しかるべき俳人はちゃんとそのところを実作で示している。

鈴に入る玉こそよけれ春のくれ　三橋　敏雄
音がして馬がをるなり夜の辛夷　神尾　季羊
旅先の淋しさ似たり障子に灯　岡本　眸
未来図は直線多し早稲の花　鍵和田秞子
老人の顔乾きけり三十三才　飯島　晴子
石に寄るたましひあらむ冬桜　磯貝碧蹄館
遺書父になし母になし冬日向　飯田　龍太
速達は急いで来るよ青嵐　正木ゆう子
待てば来る男なりけり夕蓮　黒田　杏子
亡き夫を恋はず想へり藍浴衣　布施伊夜子

以上は下五に季語のおかれてある例。ほかに季語が上五・中七にある例も挙げておく。

ぼんやりと夏至を過せり脹脛　佐藤鬼房

道はばの秋空ふかし丸の内　岡田貞峰

遠山に雪来て居りぬ五平餅　角川照子

山繭の生まるる木あり門を掃く　右城暮石

冬蜂を殺すほかなし考へて　星野麥丘人

リズムが表現する

いろいろの切字が出てきた。「や」ばかり見なれた目には戸惑いがあるかも分からないが、中七の終りの「をり」「なり」「ぬ」「よ」といったのが切字。ピシッとここで切れて、ひと呼吸おいて下五とひびき合っていることを、朗誦して確かめたい。

この中七切れの一句として、第11週（149頁）で、

まつすぐの道に出でけり秋の暮　高野素十

を暗誦句としておいた。覚えていると思う。この句をサンプルにして、中七で切ることの必要性を確かめておこう。

「まつすぐの道に出でけり」はまことに単純明快。一度読めばけっして忘れないフレ

ーズである。表面はただ〈まっすぐの道に出たよ〉というだけである。だが、たったそれだけしか感じないだろうか。よく朗誦して下さい。何回も朗誦しているうちに〈今まっすぐの道に出た。しかし、それまでの作者は、曲がりくねった道を歩いていたのだ〉という連想が湧いてくるはず。そうでしょう？

そして、さらに連想のつばさを広げるならば、「まつすぐの道」は広く、曲がりくねった道は細かったにちがいないと思えるし、その曲がった細い道をしばらくたどりながら、作者はちょっと心配になってきた。「この道、はたして目的地のほうに出られるのかな」そんな不安がきざしてきた。それが、やっと大通りに出た。「やれやれ、これでひと安心」といった安堵感をもって詠ったのが「まつすぐの道に出でけり」である。「そんなことどうして分かる？」とか、「鑑賞過剰じゃないか」などというのはお門ちがい。ちゃんとそういうふうに詠われているのです。「エッ、どこに？」。そう、フレーズの意味だけを読んでいたら、そんなことは何も書いてないから分からない。私の言ったことは、賢明な読者ならもうピンときている。リズムです。リズムが表現している。

これまで、説明を複雑にしないため、季語「秋の暮」をあえて無視してきたが、心配とか不安、あるいは安堵感といったことを感じさせるうえで、この季語のはたらきも忘れてはいけない。そこのところを頭において、もう一度この句を朗誦してみていただきたい。だんだんと私の言った背景（はいけい）が見えてくると思うのだが。

ところが、この句の作りを、

まっすぐの道に出てきて秋の暮

まっすぐの道ひろびろと秋の暮

としたらどうか。今までイメージとしてひろがっていた背景が、すーっと消えてしまう。ただの、なんともつまらぬ一句になりさがってしまう。この大きな差異、分かっただろうか。ここは重大なところ。まだ十分に飲みこめぬ人は、分かるまでたっぷり時間を使って、原句と改作句とを読みくらべてもらいたい。

そして、分かった、納得できた、と言う人は前出の例句を任意に抜きだして、（原作者には申しわけないが）改悪してみるといい。たとえば、こういうぐあい。

老人の顔の乾いて三十三才

石に寄るたましひもある冬桜

ぼんやりと夏至を過して脹脛

遠山に雪が来てゐて五平餅

これを見たら、「ひどい！」と思うでしょう。原句から見たらガタ落ち。キリッとした俳句らしさは毛ほどもない。ほんとにヒドイ。このひどさ、分かったら忘れてはいけない。なぜかというと、こんにちの韻文意識の乏しい作者は、みんなこうした作り方をするからです。これでは俳句が泣きます。私がこれまでムキになって、声を大にして韻文意識、韻文意識と言ってきたのも、これで分かってもらえると思う。みなさんはどうか、このような切字もへったくれもないという俳句は作らないで下さい。そして、くどいようだがもう一度、韻文とは何かを考えていただきたい（128頁参照）。

では、そうと肚がきまったところで、あなたにもこの〈型・その2〉の応用型で作ってもらうことにしよう。

① 中七の終りに、「や」以外の、たとえば「けり」「なり」「をり」「よ」「ぞ」「ぬ」といった切字を入れる。

② 季語は、上五・中七・下五のどこにおいてもいい。

宿題の約束はこれだけ。とにかく中七をしっかり切ることに徹底して下さい。

◎今週の暗誦句

みちのくの伊達（だて）の郡（こおり）の春田（はるた）かな　富安（とみやす）　風生（ふうせい）

蛍火（ほたるび）や山（やま）のやうなる百姓家（ひやくしょうや）　（明治18年～昭和54年）

実朝（さねとも）の歌（うた）ちらと見（み）ゆ日記（にっき）買（か）ふ　山口（やまぐち）　青邨（せいそん）

祖母山（そぼさん）も傾山（かたむくさん）も夕立（ゆだち）かな　（明治25年～昭和63年）

第14週

「眼中のもの皆俳句」

＊継続こそ素質
＊そこにある。そこに見える
＊季語がうごく
＊悪い句の見本

継続こそ素質

本書もおよそ三分の二ほどまできた。実作だけにかぎって言えば、だいたい半分くらいの練習が終ろうとしている。

これまでの表むきの作句数は、きょうの分を含めて九句だが、まえにもしるしたとおり、一ヵ月に三十句は作らぬと俳句が馴染(なじ)んでくれない。宿題だけの数を作って、それで「事足れり」と考えていたらまちがいである。はたしてあなたは何句作ったか。第8週から作りはじめて先週まで六週間たったから、少なくとも四十句の実績がないといけない。まだ二十句もない、という人は、これからでも遅くはない、一ヵ月に三十句作ることを心がけよう。「俳句は作りつづけているうちに分かってくる」ものであること、もう一度言っておきます。

それから、「継続は力なり」ということもまえにちょっとふれたことがある。俳句

を作りはじめのころは、とにかく無我夢中だからそんなことはないけれど、作句をはじめて三ヵ月四ヵ月とたってくると、必ず、

「私は俳句をつくる素質があるだろうか」

と悩む人が出てくる。春四月、カルチャー教室などで何人か一緒にスタートすると、六、七月ごろにきっとそういう人があらわれて、私になにがしかの判断を求めようとする。けれども私は、

「だまって一所懸命に作句をつづけなさい。素質があるかないかは、作句をつづけるかつづけないか、と同じ意味です」

そう言って「継続こそ素質」を力説する。「継続は力なり」も同じことです。私は、素質などというものは、作者の芯の芯のほうに横たわっているもので、そうそうかんたんに表面に出てくるものではないと考えている。俳句を二十年、三十年つづけたあと、過去をかえりみて「すこしは素質があったかもしれない」などと思うもの。ヨーイ・ドンしたばかりで素質云々なんてことは、言ってもせんないことなのですね。

だからもし、モデルの人たちの作品を読んで、あなたがちらとでもそんなことを思ったとしたら、たった今、きれいさっぱり忘れて、はればれと作句をつづけたほうがいい。弱気の虫はふり捨てて、ひたすらまえへまえへすすむことを考えよう。

それでは宿題二句。

もれてくるピアノの音あり初しぐれ　さとみ
しぐれ雲飛んでいくなり思ふ人
二つほど藁塚ありぬ町の中　深志
赤い羽根さげて通れり駅近く
灯の消えし独身寮なり暮の秋　美木子
どんぐりを数えてみたりテーブルに
夕空の雲ふえにけり文化の日　旅水
新蕎麦をすすりてをりぬ旅の宿
薄味の汁につくれり初茸　桂子
霜降りて浮いたやうなり庭の石

〈さとみの句〉　二句とも「時雨」だね。ずいぶん「らしい」季語を使ったわけだが、さて時雨の風情が出ているかどうか。

一句目の「初時雨」。「時雨」という季語は芭蕉の時代からいろいろに詠われて、たくさんある季語の中でも、また格別の風情をもった季語だけれど、それに「初」がつくと一段と情趣が濃くなってくる。まあ、そんなことは考えず、ちょっと俳句っぽいというので持ちだしてきた感じだが、「初時雨」に配するに「ピアノの音」は、新しいと言えば新しいとも言えるけれど、やはりそぐわぬ配合。この季語の風情を、新しい配合や新しい感覚でとらえることは、私などとてもむつかしいと思うけれど、作者は若いのだから、そんなことはかまわず果敢に挑戦していくべきだと思う。失敗をおそれずね。そうした中から次代にふさわしい俳句が生まれてくる。これは「初時雨」という季語のみにかぎらない。すべての季語について言えることだし、俳句という形式すべてにも言えることでもある。

次の「しぐれ雲」。今いった風情という点で「飛んでいく」は乱暴。「思ふ人」も「人思ふ」でいい。

しぐれ雲移りゆくなり人思ふ　　さとみ

こうすれば「時雨」のしっとりとした情趣がただよう。ただし、二十代の作者ナットクするや否や。

〈深志の句〉田にある藁塚は当たりまえだが、町中の人家に囲まれた小さな田んぼで見た藁塚。その珍しさに「おやッ」と思ってできた句だが、ただのもの珍しさだけでなく、「そこに藁塚がある。藁塚だ」といった作者の心が感じられる。「ありぬ」としっかり切ったから、作者の感情がそこに凝縮したわけ。かりに、

二つほど藁塚ありて町の中

としてごらんなさい。「藁塚が町中に二つほどあったよ」の報告で終ってしまう。「赤い羽根」の句は、深志君がセコい感情を羞ずかしがらず出したもの。その率直さはよしとしよう。だが、これは〝詩〟ではない。俗情だ。俳句も立派な詩である。韻文である。深志君は若いからその区別が分かるだろう。

秋風や眼中のもの皆俳句　　高浜虚子

こんな句があるけれど、大虚子先生だっておのずから〈詩になるもの〉と〈詩にならぬもの〉を選別しているんだ。低俗愚劣な感情は俳句の材料にはならぬこと、よくよく自戒してもらいたい。

そこにある。そこに見える

〈美木子の句〉「暮の秋」は「秋の暮」とはちがって、暮秋、晩秋の意。こういう季語で詠ったのは、作者が『歳時記』とかなり親しくなってきた証拠。それはよろしいのだが、この中七「どくしんりょうなり」で八音、つまり一音の字余りだね。ちょっと注意を怠ると字余り句を作るというのは、いただけません。ことに中七の字余りは決定的に一句のリズムがダラけてしまう。私は、「中七字余り句の成功率は一パーセントもない」と公言しているくらい。

この句、本来は、

灯の消えし独身寮や暮の秋　　美木子

とすべき句。しかしそれでは宿題どおりにならぬから、「なり」としたのだろうが、こういうのをゴリ押しという。独身寮は六音と分かっているのだから、これに「なり」を加えたら字余りになると分かっている。こんなときは材料をほかに求める努力が欲しい。

「どんぐり」の句。これは平凡のようだけれど案外うまくできている。というのは「数えてみたり」がいい。五、六個や十個ぐらいだったら、わざわざ数えなくても見てパッと分かる。また反対に、いっぱいあると数えようという気もおこらない。たとえて言えばひと握りほどのどんぐりを、テーブルの上にパラパラとおいたところ。そんなふうに、どんぐりのおおよその分量が見えてくる句です。この「見えてくる」ということ、ものすごく大切で、詠った対象が、〈そこにある〉〈そこに見える〉というのは佳句の欠かせぬ条件です。作者、はからずもそれができた。「みたり」のお蔭を忘れぬよう。ここが「みたる」になったらどうなるか。もう分かっているね。

〈旅水の句〉一句目の「文化の日」、すっきりして気持ちよくできている。まあま

あひととおりの句。しかし、どことなく迫力がない。どういうわけか、というと、

　夕空＋雲＋文化の日

こう並べてみるとよく分かる。夕空も雲も、遠くあってひろびろとした視野にあるし、季語「文化の日」もいろいろ行事はあるけれど、具体的にそれを表すこれといったものはない。いうならば視覚的に「夕空」と「雲」だけでは弱い。もっと具体的な眼に映るもの。美木子さんのように「そこにある」というものが欲しかった。

季語がうごく

まだ、作句をはじめて間もない作者にこういうことを言うのはキビシイのだけれど、早くからキビシイことを知っていたほうがいい。キビシイついでに、こういうことも言える。

　夕空の雲ふえにけり文化の日
　夕空の雲ふえにけり暮の秋
　夕空の雲ふえにけり寒鴉（かんがらす）
　夕空の雲ふえにけり冬支度（ふゆじたく）

どうだろう？　どれを見てもサマになっているでしょう。このほかの季語でもたい

てい通用する。「春祭」「春田打」「茶摘籠」「豆の花」……。こういうのを「季語が動く」といって、「まだ不十分」の意味を含んで使われる。「季語が動く」原因は、

①　季語が適切でない。

②　季語以外のフレーズの表現が十分でない。

ということだが、大方は〈季語以外のフレーズが平凡で特徴がない〉ことに起因する。旅水さんの上五・中七に対して、私が「どことなく迫力がない」といったのはそういう意味。ちなみに、空、雲、山、海、太陽、月、星などの、ひろがりの大きい対象だけでフレーズを作ると、たいてい特徴のないものになってしまう。注意が必要。

「新蕎麦」の句。「旅の宿」「山の宿」「山の駅」は初心の作者が一度は用いる常套語。場所を示しただけの報告的な下五だったのが惜しい。そういう難はあるものの、「新蕎麦」に実感あり。

〈桂子の句〉「初茸」も「霜降りて」もそしてこれまでの作も、桂子さんの句はとかく一本調子になる傾向がつよい。季語とそのほかのフレーズとは、一本の線上に並んでいるのではない。二物衝撃という言葉もあるように、二つのものが発止とぶつかり合うこと。別の言い方をすれば、ちがう方角からきた二つのものが、一点でバシッとぶつかる。そこに切字が使われるというわけだ。桂子さんの「初茸」の句は、

薄味の汁をつくった──→初茸（が手に入ったので）

というふうになっている。まえの旅水さんの「新蕎麦」の句も、

新蕎麦をすすっていた（のは）──→旅の宿

となって、ともに切字が有効にはたらいていないから「難あり」というわけです。切字は文字どおり切るもの、言葉の流れを断つものという意識の結晶です。桂子さん、もう一度第7週「切字の効果」をしっかりおさらいだね。

「初茸」の句とくらべると「霜降りて」のほうには、「なり」のはたらきが見える。それに「浮いたやう」というとらえ方、感覚的でよろしい。庭石のありさまが想像される。美木子さんのところで言った「見えてくる」とらえ方になっている。この感じを大切に。

これで七週にわたった切字「や」の実作を終る。「や」の切字は、上五・中七の終りに用いるほか、上五・中七の中途で使ったり、下五の終りにおくという場合もある。

睡しや妻枯園の雨川瀬めく　石田波郷

冬帽を脱ぐや蒼茫たる夜空　加藤楸邨

炎天の遠き帆やわがこころの帆　山口誓子

うからの辺三日月の辺のにほはしや　中村草田男

ひと日臥し卯の花腐し美しや　橋本多佳子

使用例は上五の場合はきわめて少なく、中七はしばしば見られる。しかし、中七の中途で切る用法は、上五・中七の「や」切れになじめば応用できるものだし、下五の用法は、次週から実作をはじめる切字「かな」「けり」を修得すれば、これの応用で分かってくると思う。したがって本書では、これらの用法についての実作は行わないが、こういう使い方もあることを知っておいてもらいたい。みなさんが切字というものを完全に身につけてしまえば、いつかしぜんに、こうした用法が口をついて出てくるものである。

悪い句の見本

さて、実作の前半終了といったところだが、モデル五名の前半の作品を見てきた私の印象を言うと、「まずひと安心」という感じである。それは、私の一番心配していた作り方をする人が、いなかったからである。どんな作り方？　まあ見て下さい。

蟬鳴くやこの世に命ある限り
風化せぬ悲しみあらた終戦日
蓑虫に似たるさだめか母老いぬ

毛糸編夕日をひそと編みこめぬ
薔薇咲いて恥ぢらひ我に教へけり
小さき庭小さい秋の風生まる

これを読んで、「いい俳句だ」とか、「うまいこと表現した」などと、もはや感心したりはしないだろう。これ、みんな最悪の見本なんです。

どうしていけないのか。「蟬」「終戦日」「蓑虫」は、どれも決まり文句。新聞・テレビの報道でときどき歯のうくような決まり文句を言うけれど、あれと同じ。使い古され使い古されして、手垢がピッカピカにくっついている。内容も虫酸が走るような陳腐さと薄っぺらな感傷。「毛糸編」「薔薇」「秋」のほうは、巧く表現しようとして小細工した句で、感動のかけらもなく、作者の「してやったり」とほくそ笑む顔が見えるよう。とくに「薔薇」の句は教訓めいたものを言おうとしていて、手に負えない。だいたい俳句の中に次のような内容を盛りこもうとすると、まちがいなく失敗する。いや、俳句の体をなさなくなる。とくとご承知おきを。

・道徳観、倫理観、教訓。
・理屈、分別臭。
・風流ぶり、気どり、低劣な擬人法。

・俗悪な浪花節的人情。

右の六句、いずれもこのうちの一つや二つは抱えている。

　私が「心配していた作り方」というのがこれ。こういうヒドいのが出てこなかった
のは、教えるほうも恵まれたと言うべきでしょう。なにせ、新聞・雑誌の俳句欄の投句者には、こういう俳句を作る人がゴマンといるんですからね。それもこれも原因は、

① 俳句の基本的作り方を知らない。
② 俳句は韻文という意識がない。

ということに尽きるわけです。「俳句の基本的作り方」の中には、型はもちろんのこと、まえにも書いた「写生」「描写」ということも含まれている。ところが右の俗悪句の作者たちは、五年十年の作句歴を持ちながら、まだなお頭の中でアレコレひねくりまわして、道徳観だの風流ぶりだのをでっちあげようとしている。おそらく生涯、こんな似て非なる俳句を作って終るだろう。

みなさんはそういう点、とてもいいスタートを切った。大げさな言い方をするならば、はじめから俳句の正道を歩いている。これは威張っていい。胸を張っていい。ただし、その大半は型のお蔭であることを忘れてはいけない。型を無視して作ろうとすると、かの俗悪句の誘惑に負けてしまうおそれが、ないとは言えないのである。

◎今週の暗誦句

玫瑰（はまなす）や今（いま）も沖（おき）には未来（みらい）あり

蜥蜴（とかげ）の尾（お）鋼鉄（まがね）光（びか）りや誕生日（たんじょうび）

蜩（ひぐらし）のなき代（かわ）りしははるかかな

冬（ふゆ）の水（みず）一（いっ）枝（し）の影（かげ）も欺（あざむ）かず

中村草田男（なかむらくさたお）
（明治34年～昭和58年）

第15週

デリケートな「かな」

＊〈型・その3〉
＊漢字・平仮名・片仮名
＊風格と品と
＊〈型・その3〉の応用型

〈型・その3〉

切字「や」を終って、こんどは「かな」。まず、その基本的な用い方を例句によって見ることにする。

金色の佛ぞおはす蕨かな　水原秋桜子
傘もつ手つめたくなりし牡丹かな　富安風生
ふるさとを去ぬ日来向ふ芙蓉かな　芝不器男
オムレツが上手に焼けて落葉かな　草間時彦
帯解きてつかれいでたる蛍かな　久保田万太郎

最初の「蕨」の句については、作者の次のような自註がある。

「浄瑠璃寺の金堂の裏には、蕨が沢山生い出ていたし、櫺子にも掛け干してあった。堂内を見ると、藤原時代の金色の九品仏が堂々と押し並んでいた」

社寺仏閣がらみの句材は、古臭くなるから避けるよう言ったが、それとこれとの違いは、どこの寺にもあるような雑多なものを詠うのではないこと。作者は和辻哲郎の『古寺巡礼』に惹かれて浄瑠璃寺を訪ね、寺のたたずまいや仏像を詠もうとした。昭和のはじめ、この寺のあたりはまだひっそりとして、しずかであった。

自註で分かるように、蕨は金堂の裏に生い出ていたし、また摘まれたいくばくかは連子窓にも干してあった。つまり金堂の外にあったもの。それに対して「金色の佛ぞおはす」はもちろん堂内のことを詠っている。

もう一つ、四句めの「落葉」も、素材はちがうが似た構成。「オムレツが上手に焼けて」――作者は食をたのしむ人だから、みずから厨房にはいってオムレツを焼くていどのことは、いつもしているのだろう。あれは単純そうだが焼きぐあいにコツがあって、むつかしいらしい。それが、きょうはうまくいったぞ、と、ささやきながら幸せな気分。「落葉かな」――ふと目を庭に向けると、よく晴れた空を背景にして、落葉がひらひら降っている。この穏やかな日和もうれしい。そんなおもいの中からうまれた作。

この構成を分かりやすくすると、

上五・中七　　　　　　　　　下五
〈堂内（室内）のもの・状態〉＝〈堂外（室外）・の季語（名詞）＋かな〉

ということになる。例によって図にしてみよう。

上　五	中　七	下　五
		季語（名詞）かな

これを〔型・その3〕と呼ぶことにする。
さきにふれた秋桜子の「蕨」の句を、例によってこの図に当てはめてみよう。

上　五	中　七	下　五
金色の	佛ぞおはす	蕨（名詞）かな

こうして見ると、この型においても今までの〔型・その1〕〔型・その2〕と同様に、名詞季語を含む下五と、季語を含まぬ上五・中七とは、別の内容を表していることが分かる。言葉を替えて言うと、上五・中七はひとくくりになって金堂内の仏像のことを言っているが、下五はパッと転じて、境内（けいだい）に生いでた「蕨」を詠嘆している。
ふたたび図示すると、

上五	中七	下五
金色の	佛ぞおはす	蕨（名詞）かな
（B）		（A）

という形になる。これは最初に挙げたほかの四句も、まったく同じ構成。つまりこの型も、季語「蕨」（A）と「金色の佛ぞおはす」（B）との配合、二物衝撃であることを確認して下さい。

今週はこの〔型・その3〕で一句ずつ作ってもらう。もう季語とも親しんできたし、フレーズを作ることにも馴染（なじ）んできたと思うので、来週をまたず二日後に作品を見せてもらうことにする。

この〔型・その3〕は、基本型のほかにいろいろ応用の型がある。それを順次説明していくつもりだけれど、基本型の実作の前にそれを言うと混乱すると思うので、この基本型でとにかく実作を。

以下は実作を終ってから読むように。

漢字・平仮名・片仮名

では、切字「かな」の俳句を見せてもらう。「や」はどうやらこなしてきたが、はたして「かな」はどうか。

谺聞く友らの顔よ紅葉かな　さとみ

カラフルに駅前通り師走かな　深志

バス停に母送りゆく師走かな　美木子

大山にうす雪見えて冬田かな　旅水

招かれて個展見にゆく小春かな　桂子

〈さとみの句〉どこか紅葉の美しい山へ行ったものと思う。みんなで山の谺をたのしんでいるところで、ちゃんと二物衝撃になっているけれど、私が一つ言い忘れた注意事項があって、それが出てきてしまった。その注意事項と言うのは、「かな」を下五に用いるときは、上五や中七につよい切字を使わぬこと。である。まえに「や・かな」の併用は避けなければいけないことを言ったが（132頁）、それは切字「や」のほうから見た場合。「かな」のほうから見ると「や」はもちろんのこと、「や」以外のものでも、上五や中七に切字を入れると、せっかくの「かな」がひびかなくなってしまう。「かな」という切字は、下五に使ったとき、一句全体をやわらかく包みこむという性質をもっている。一句五・七・五を読み終ったときの余韻がふたたび上五・中七へ戻って、十七音をしずかな韻律の波にただよわせてくれる。けれども、上五や中七につよい切れが入ると、そういった余韻が消えてしまうのです。冒頭に掲げた句を借りて実験してみよう。

金色の佛ゐませり蕨かな

傘もつ手つめたかりけり牡丹かな

帯解けりつかれいでたる蛍かな

こうしてみるとよく分かる。全体の韻律が乱れて、なんとなくギクシャクしたリズムになってしまう。それほど「かな」という切字はデリケートなのだということを、知ってもらいたいと思う。

さとみさんの「友らの顔よ」も相当つよいから、これを外すことを考えたい。

友らみな谺聞きゐる紅葉かな　さとみ

「顔」というイメージのはっきりした言葉を、せっかく用いたので、それを活かすとすれば、

友の顔谺聞きゐる紅葉かな　さとみ

でもいい。注意があとになって失礼したけれど、次回の「かな」の句のときは気をつ

けて下さい。

〈深志の句〉上五・中七が季語「師走」をちょっと意識したフレーズになってしまった。〈「師走」だから駅前通りは飾りたてて大売出しをやっている〉という形になってしまった。この〈だから〉という感じが出てくる場合は、たいてい季語の連想を説明している句になっているもの。要注意。

それに、もっといけないのは「カラフル」。最近、俳句の中に外来片仮名語が急増しているが、これをどこまで許容するかということは、俳句形式にとってとても大きな問題だと、私は考えている。

「時代の流れがそうなんだから、俳句の中にも外来語がどんどんふえてかまわない」と言っている人もいるようだが、これは軽率というか短絡的な考え。なぜかというと、日本語は、漢字、平仮名、片仮名の順で〈重さ〉を持っている。逆にいえば、片仮名語はたいへん軽い印象をあたえる。浅薄と言ってもいい。だからそういう軽い言葉が、わずか十七音の中の何音かを占める傾向がつよまると、俳句作品は軽くなってしまう。わずか十七音で、薄っぺらで軽いフレーズというのでは、「俳句の前途危うし」です。今のうちからそういうことも考えてみていただきたい。

私だったら「カラフル」をなんとか本来の日本語で表現しようとするだろう。そこで苦労するかもしれないが、それを克服したときのよろこびは大きい。極言すれば、そういうところに表現者のやりがいがある、と言える。苦言のようになったけれど、大事なことだから一言した次第。

風格と品と

〈美木子の句〉「バス停」は正確に言えば「バス停留所」だが、そんなバカ丁寧な言い方をする人はいないだろうね。「バス」も完全に日本語になったから、深志君の「カラフル」のような問題はない。けれども今の時代は、ちょっと長い言葉はみんな簡略につづめてしまい、日常生活では私も抵抗なくそれを使うことが多い。農協、入試、学割、私鉄、産直、みんなこの例。しかし、日常生活には便利だからそれでいいが、詩の言葉としては風格に乏しい。いや〝品〟がない。長い自由詩ではともかく、短い俳句では避けるべきだというのが私の考え。これは私の考えが狭量というのではなく、私たちが頼りにしている日本語を、俳句を、大切にしたいからです。

で、この句だが、

通りまで母送りゆく師走かな　　美木子

とすればいい。通りと言えば大方は大通り。大通りならバスもタクシーも走っているだろうと連想してもらえる。

〈旅水の句〉山陰旅行の句。「雪」と「冬田」の季重なりだが、もちろん「冬田」の句。この季重なりは今の段階では致し方ないでしょう。これはほとんどこのままでいいけれど、すこし手を加えて、

大山にうす雪きたる冬田かな　旅水

とすればぐんとよくなる。「きたる」だと、いよいよ冬だという思いが出てくる。いきいきとしてくる。ほんのちょっとの違いで、作品の迫力が変わってくることが分かってもらえるかと思う。だから、一度形ができたらそれで終りではなく、クールになって読みかえし、言葉の入れ替えを考えたりすることも、作句ということの延長と思っていただきたい。

〈桂子の句〉季語の再勉強、型の特徴をよく読みかえしてもらったので、季語(A)とその他のフレーズ(B)とが、一直線にはつながらぬ作り方になった。進歩が見える。が、私の眼から見ると、季語にはもっと飛躍があっていいと言えるわけだけれど、このたびはこれでよろしい、ということにしよう。

五人とも「俳句を作る」要領が、大分呑みこめてきた感じ。「作り馴れる」ということの必要を、あらためて痛感しています。

〔型・その3〕の応用型

ここで〔型・その3〕のいくつかの応用型を紹介しておきます。

「かな」という切字は、基本的には三音の名詞季語について、下五におかれたときに一番効果的なことは、基本型でよく分かったと思う。が、基本型のように画然とした(A)(B)の二物衝撃的な使われ方はちかごろ少なくなって、むしろ、一物俳句的な作り方で下五におかれることが多くなりつつある。

はなびらの欠けて久しき野菊かな　後藤夜半

てのひらにうけて全き熟柿かな　木下夕爾

尼寺の草深くつくわりんかな　加藤三七子

東大寺湯屋の空ゆく落花かな　宇佐美魚目

躓いてかへり見すれば浮葉かな　後藤綾子

また、三音を超えて五音・六音といった長い季語に「かな」がつくと、中七から下五へ句またがりでおかれることが定着している。左がその例で、傍線が季語。

いつしかに失せゆく針の供養かな　松本たかし

茶道具の一荷も時代祭かな　岸風三楼
風の街見てゐる仕事始かな　村沢夏風
ながあめのあがりし燈籠流しかな　久保田万太郎
坐りふざけ居りし卯花腐しかな　石田波郷

このほか、季語ではない名詞についた場合や、名詞以外についた場合など、「かな」の使いみちはさまざまであり、多彩である。それらを任意にひろいだして左に並べておくので、参考にされたい。

鳥のうちの鷹に生れし汝かな　橋本鶏二
緑蔭に膝もて余す女かな　右城暮石
五月闇より石神井の流れかな　川端茅舎
うぐひすに人は落ち目が大事かな　久保田万太郎
牡丹雪その夜の妻のにほふかな　石田波郷
蜩のなき代りしははるかかな　中村草田男
花蜂の腹に蜜透く流離かな　三橋敏雄
空蟬の両眼濡れて在りしかな　河原枇杷男

ぼろぼろの羽子を上手につく子かな　　富安　風生
蜆汁母の世消えてひさしきかな　　松村　蒼石

右の十句のうち、最後の「蜆汁」の句は下五が「ひさしきかな」と一音字余りになっている。これはきわめて特殊な例。練達の士がこうした技を用いたとしても、そうかんたんに成功するわけではないこと、承知しておきたい。

概して「かな」を使用した作品は、きっちり五・七・五で詠うほうが収まりがいい、と私は思っている。

また、「かな」を上五や中七に使う例がときおり見られるが「漢字・平仮名・片仮名」で述べたように、「かな」は下五に用いてこそ一句全体を余韻で包む効果が出るもの（194〜195頁）。上五や中七に使うと、もの珍しいから洒落た感じはするが、ただそれだけのことである。私も若い時分は、ごくまれにそういう使い方をしたことがあるけれど、今は絶対使うまいと思っている。

次週は切字「かな」を用いて二句作ってくること。「かな」は基本型・応用型どちらの使用法でもさしつかえない。

◎今週の暗誦句

初蝶やわが三十の袖袂

遠足や出羽の童に出羽の山

葛咲くや嬬恋村の字いくつ

蓼科は被く雲かも冬隣

石田波郷

（大正2年～昭和44年）

第16週

あるレベルに達した

＊新年の句のポイント
＊ありうべき嘘
＊類想・類型の意味
＊遠近・大小の組み合わせ

新年の句のポイント

めでたさに長くつかりし初湯かな　さとみ
除夜の鐘聞きつつねむる疲れかな
ふるさとの山かがやいて初日かな　深志
文庫本読みおわりたる炬燵かな
うたた寝の夢破られて師走かな　美木子
初詣すませて夫の安堵かな
船宿の旗ひらひらと三日かな　旅水
初日記一年の旅予定かな
大ぶりの茶碗をえらび福茶かな　桂子

衣ずれの音のゆかしき晴着かな

歳晩、新年の季語ばかりになった。ちょうどいい機会だから、ここで新年の句を作るポイントを教えておこう。

さとみさんの「初湯」の句は、年賀状に書いて親しい友人に送ったそうだけれど、俳句を作りなれてくると、旅さきからの絵葉書や年賀状、暑中見舞い、あるいはお祝いやお悔やみなどに、一句書いて送ろうという気持ちがおきてくる。これはなかなか気のきいた手紙になると思う。げんに旅水さんは、仲のよい友人の娘さんの結婚祝いに、一句所望されて慌てたという。新年の俳句の作り方のポイントは、そうしたお祝いの句を作る場合の要領とも関連するので、覚えておくと便利だろう。

最初に、次の句を見て下さい。

桑畑に無人踏切初筑波　富安　風生
洗はれて櫓櫂細身や注連飾　大野　林火
庭すこし踏みて元日暮れにけり　渡辺　水巴
春著着ることあきらめて運転す　稲畑　汀子

一句め。「初筑波」は「初富士」と並んで、元日に見るその姿を讃えた季語。筑波山は標高は高くないけれど、関東平野では目立つ山だからこういう扱いをうけているものと思う。桑畑の中に鉄道の線路が走っており、無人踏切がある。それから筑波山がよく見える、晴れた元日の風景。

二句め。櫓も櫂も新年を迎えるためよく洗われて、注連飾りがしてある。岸に揚げられた漁舟だが、それを通して漁師の迎春の趣が感じられる句。

三句め。元日だけれど、朝、屠蘇を祝ったくらいで、一日何もせず過ごしてしまった。夕方、ふと気がついて庭におりてみた。わずかな時間だったけれど、こうしてことしの元日も暮れていったという意。

四句め。新年になったら晴着を着て、いささかるんるん気分を味わってみたいと思っていたのに、よんどころない急用ができて、車を運転して出かけなければならなくなった。しかたない。春着はあきらめて運転しよう――。

二句め三句めは「や」「けり」の切字を用いた堂々の風格。一句め四句めは軽妙な詠い方の中に、巧みに新年らしさを表現している。「新年らしさ」と言うと「?」と思う人がいるかもしれないが、それも無理なしとしない。なぜかと言うと、この四句、「新年らしい」雰囲気だけれども、それらしいポーズをとっていないからだ。まあ、しいて言えば二句めの「注連飾」に、いささかそんな様子が感じられるか、というところ。

以上述べた中に、新年の句を作るポイントがある。それは、

◉新年らしいポーズをとらぬこと

である。なぜか。理由はかんたん、新年の季語の中には、「めでたさ」がたっぷり含まれているからである。季語そのものに「めでたさ」が含まれているのだから、ほかのフレーズで「めでたい、めでたい」といった意味のことを表してごらんなさい。おめでた過剰になって辟易してしまうでしょう。それだから季語以外のフレーズは、さりげない言葉で綴る。「あとは季語におまかせ」ということで、ちょうどよいころあいとなるわけ。

たとえば、新年に「お降り」という季語がある。これは「元日、または三ガ日のあいだに降る雨や雪のこと」だから、ふつうなら、「せっかくのお正月がこれでは…………」となるのが常識だが、こういった季語にさえも「めでたさ」は含まれているのである。

おさがりのきこゆるほどとなりにけり　日野　草城
お降りのまつくらがりを濡らしけり　岸田　稚魚
お降りやたひらに減りし奈良の墨　殿村菟絲子

これらを読めば、「お降りを厭だと言ってる句じゃない」というくらいの読解力は、

もう身についたのではないだろうか。

新年の句の作り方のポイントを述べたが、ついでに言えば歳晩の季語には、「せわしさ」が含まれている。それを知っておけば、あとは新年の句と同じ要領で詠えばいい。

ありうべき嘘

それでは五人の作品を見ることにしよう。

〈さとみの句〉一句めは、新年の句の作り方で言うと、上五「めでたさ」が不要と分かってもらえるだろう。だから、この上五で、初湯にはいっていることをもうすこし具体的に表すことにしよう。初湯は、朝でも昼でも夜でもかまわないわけだが、朝起きてすぐつかったようにすれば、ふだんとちがった気分が出てくる。「いや夕方だった」なんて言わないこと。事実は夕方であっても、朝にふり替えて詠ったほうがよりよい雰囲気になるのならば、状況設定は自由に変更していいのです。つまり「ありうべき嘘」はついてもいい。「ありうべき嘘」によって、より現実感が出てくるようならば、ためらわず状況設定を変更すべし、です。

この〈状況設定の変更〉ができないという人が少なくない。とくに旅水、桂子さんの世代にその傾向がつよい。「嘘つきは泥棒のはじまり」なんてことを、子供の時分にしっかり教えこまれたからね。でも一方に「嘘も方便」なんていう便利なことわざもある。俳句は詩であり創作です。事実のみにこだわっていたら、名句はそうそうできるものではない。過去の体験をあれこれよびさまして状況設定をよりよくして、「ありうべき嘘」をつく。そして現実感をいっそう高めることを、考えて下さい。

したがって、

朝(あした)より長くつかりし初湯かな　さとみ

で一件落着。

二句め。これも「疲れかな」と言ってしまうと、「大晦日(おおみそか)で忙しかったから」といったぐあいになって、常識的になる。まえにも言った「だから」が出てしまう。で、ほんとうは、次週に習う「けり」の句にして、

除夜の鐘聞きつつすこし眠(ねむ)りけり

とすれば、「すこし」で仮眠ということが連想されるし、すっきりした作品になるのだが、これでは「かな」の勉強にならない。さてどうするか。いろいろ考えたが、つまるところ「聞いて」を取って、「けり」の句の「すこし眠り」を生かし、

除夜の鐘すこし眠りし瞼（まぶた）かな

といったことになる。しかし、これは添削しすぎだから、さとみさんの作というわけにはいかない。参考作です。

〈深志の句〉「初日」のほうは、「かがやいて」に「めでたさ」ポーズが少し出ているし、太陽に対してこの言葉自体が当然すぎるところもあるから、もっともっと「ふるさとの山」を見つめよう。この山、深志君の郷里だから北アルプス、あの厳しい山容を表したい。ここはあえて添削しないで勉強してもらうから、

ふるさとの山□初日かな

という形で、空（あ）いた五音を考えよう。このばあい、五音はあくまでも山の描写であることを忘れずに。

「炬燵」の句はこれでひとまずまとまっている。けれど深志君、炬燵で読み終ったなんて言うと、三十代の若さがないと思わないか。この感じ、どうしても中年初老だよ。やはり自分の年齢が、おのずから作品に滲（にじ）みでるように詠うことも大切なのだ。同じ暖をとるものでも、「炬燵」より「暖炉（だんろ）」のほうが深志君の世代らしい。そこで、

文庫本読みおわりたる暖炉かな

となる。「炬燵」は日本間、「暖炉」は洋間の感じ。「下宿だから日本間です」なんて言わないで、そこはほら〈状況設定の変更〉だよ。

〈美木子の句〉美木子さんも、さとみさん同様お疲れのようですな。「師走」の句、忙しさの疲れが出て、ついうとうとしていたら宅配便でも届いたのだろう。それで「夢破られて」だが、この表現、古いと思わないか。ずいぶん使い古された形容です。こうした日常よく使われる既成の表現を安易に取りこむと、俳句はずいぶん俗っぽくなるんですよ。一例を挙げると、

・小さい秋を見つけた
・しめやかに行われる葬儀
・台風の残した爪あと
・古都の春を訪ねて
・一世一代の晴舞台

似たようなのはまだいっぱい私たちのまわりにある。そういった言葉を、「巧いことを言う」「すてきな表現だ」などと思ってはいけない。手垢でギラギラしたものと考えていただきたい。要は「自分の言葉で」です。

「初詣」のほうがその点いいのだが、「安堵」を言わないでかくしておきたい。ここが作者のねらいどころだから、ついつい言わなければいけないと思いがちだが、かく

したほうが余情がふかくなるんだね。そのぶんご主人の表情や動作を描く。そうするとその表情、動作のうらに安堵感がただよってくるんです。

　初詣すませし夫の笑顔かな

　初詣すませし夫の胡坐かな

どうです、そんな感じしませんか。

今言ったこと、一句の趣を深くする一つのコツだから、メモしておいて下さい。

類想・類型の意味

〈旅水の句〉「三日」（一月三日のこと）という季語をうまく使った。結構です。これだけ結構だと、もうすこしよくしてあげたくなる。それは「ひらひら」という部分。

　船宿の旗吹かれゐる三日かな　旅水

「ひらひらと」より「吹かれゐる」のが正確だし、なんと言っても一月三日らしい格調が出てきます。

「初日記」のほうは、同工異曲の作多々ありという内容。初日記や初暦に、その年のおもな予定をしるす、書きこんでおくという句はたくさんあるし、表現のしかたも大同小異。そういったのを「類想句」「類型句」といっていくぶん軽蔑して呼ばれている。そういう言い方をするならば、これは類想句です。

だが、旅水さん、がっかりすることはない。いや、慰めを言ってるのではない。こういうことです。

類想・類型の俳句が軽蔑されているのは、「俳句を五年、十年と作っているのに、まだそんなていどのものしかできないのか」という意味が含まれている。そう、作句歴で言えばだいたい五年以上の人に向けられた言葉。したがって、「俳句を作って十五年になります」なんて人がこう言われたら、大いに恥としなければならない。このこと分かるね。しかし、旅水さんはまだ句歴一年にもならない。そういう作者が、句歴五年くらいの作者とあまり変わらぬ類想句を作ったということは、〈あるレベルに到達した〉という言い方もできるわけだ。そうでしょ。それだから落胆するどころかよろこんでいい——というのが私の言い分。カルチャー教室でもそう言って励ますことが多い。

そういうわけで類想・類型ということ、初心の段階では必ずしも失望することはないのです。しかし、今言ったように五年、十年、十五年と作句年数が加わってきたら、これは恥ずべきことと自覚しなければいけない。類想・類型は、自分独自の俳句がまだできていないということと、同義語と言っていいからです。

で述べておこう。

第1週の〈今週の暗誦句〉に、

遠山に日の当りたる枯野かな　高浜　虚子

があった。この構成を分析してみると、

遠山——遠景・明
枯野——近景・暗

ということになる。つまり、〈遠⟷近〉、〈明⟷暗〉の組み合わせで成っている。それが単純にして明快であるから、一読あざやかに脳裡に印象づけられるのである。二物の配合・衝撃はこうしたあざやかさが欲しいのだが、それを求める基本として、

遠⟷近

のほかに、

大⟷小

を考えに入れておくとよい。〈明⟷暗〉はそれを彩る副次的なものとして利用したらいいと思う。

花すぎし林檎や雲に五龍岳　水原秋桜子

葛飾や舳さきに坐る破魔矢の子　　角川　春樹
波除を越ゆる波あり豆の花　　清崎　敏郎
山かぞへ川かぞへ来し桐の花　　飯島　晴子
鰯雲日かげは水の音はやく　　飯田　龍太

二句め「葛飾や」は葛飾の大、破魔矢の子の小という明確な大小の組み合わせ、ほかは大小と遠近が併せて組み合っている。最後の「鰯雲」にはそれに明暗も加わっていること、確認して下さい。

ちなみに、大小・遠近だけではなく、

Ａ　大↔大　大↔遠　遠↔遠
Ｂ　小↔小　小↔近　近↔近

という組み合わせも考えられるが（遠↔小大↔近もあるが、これはだいたい大↔小に集約される）、Ａグループは失敗しやすいということ、覚えておくとよい。これは一句の仕立て方が大まかになって、印象が稀薄になるためで、さきの虚子の「枯野」の句はその例外。初心者や凡手の作者ではこなしきれない組み合わせである。

これで「かな」を終りとする。まだいくぶん「かな」修練に不安がのこるけれど、各自の練習課題としてもらって、次週から「けり」に移ることにする。

◎今週の暗誦句

渋柿の滅法生りし愚かさよ　　松本たかし
芥子咲けばまぬがれがたく病みにけり　　（明治39年〜昭和31年）
金剛の露ひとつぶや石の上　　川端茅舎
ひら〳〵と月光降りぬ貝割菜　　（明治30年〜昭和16年）

第17週

「俳句は切字響きけり」

＊〈型・その4〉
＊「かな」と「けり」の違い
＊〈型・その4〉の応用型
＊「けり」の要点
＊初期の代表句

〈型・その4〉

「や」「かな」と代表的な切字二種類による作り方を終って、これからもう一つの代表的切字「けり」を学ぶ。さっそく例句を見よう。

はつあらし佐渡より味噌のとゞきけり　　久保田万太郎
みぞれ雪涙にかぎりありにけり　　橋本多佳子
水馬弁天堂は荒れにけり　　川端茅舎
蟻地獄聖はめしひたまひけり　　阿波野青畝
神の留守立山雪をつけにけり　　前田普羅

一句め「はつあらし」は「初嵐」。八月になって、台風の前ぶれのような強い風がはじめて吹く。それをこう美称した。そんな風の吹く日に、佐渡から味噌がとどいたのである。「はつあらし」という季語と、「佐渡より味噌のとゞきけり」というフレーズとのあいだには、表面的にはなんの脈絡もない。意味のうえでのかかわりはない。これは今までに勉強した三つの型の基本型における、季語と他のフレーズとのかかわり方とまったく同じであること、言うまでもないだろう。が、そうは言うものの、この両者のあいだにはかすかなひびき合いが感じられる。初嵐は秋の到来を思わせるが、これからさわやかな季節になれば、味噌汁や味噌を用いた食べものも、またうまくなるだろうという期待感も生まれる。そんな目に見えぬ糸が二つのあいだにピンと張って、ひびいているのである。これは、

みぞれ雪↔涙にかぎりありにけり
水馬↔弁天堂は荒れにけり
蟻地獄↔聖はめしひたまひけり
神の留守↔立山雪をつけにけり

にも感じられるはず。一読して分からなくても再読三読するうちに、そのかすかな糸のひびきが聞こえてくると思う。

では、例によって図にしてみよう。

上五	中七	下五
季語（名詞）		動詞＋けり

これを〔型・その4〕と呼ぶことにする。

この型ももちろん応用型がいろいろあるが、基本はこの型。以下順序にしたがって、これまでのように「はつあらし」の句を当てはめてみる。

上五	中七	下五
はつあらし	佐渡より味噌の	とゞきけり

そして、さきほど鑑賞したように、上五の季語と中七・下五のフレーズのあいだには、表面的には意味が通っていないわけだから、その点を明確にする図にすると、次のようになる。

上五	中七	下五
はつあらし	佐渡より味噌の	とゞきけり
（A）	（B）	

この〔型・その4〕も、当然のことながら季語（A）とその他の（B）というフレ

ーズとの配合・二物衝撃の型ということが分かるであろう。

「かな」と「けり」の違い

ところで、「かな」と「けり」との違いはどういうところにあるだろうか。

それを、まだ俳句をはじめて日の浅いみなさんに詳述してもわずらわしいばかりだろうから、概要をつかむていどの簡略な説明をしておきたい。

「かな」の余情が、一句を読み終ったあと上五・中七へ戻って、ふたたび十七音全体をつつむようなはたらきがあることは、すでに述べた。しかし、その余情余韻が生まれてくるのは、大きな省略があった場合にかぎる。まだ「あれも言いたい」「これも一句の中に入れたい」という未練はあるが、「あとは切字に托すほかない」と断念して作る。そういう態度で「かな」を用いれば、「かな」は作者の省略したあれこれを、余情余韻という形で読者につたえてくれる。私はそれだから、〈「かな」は沈黙の切字〉と言っている。したがって、一句作ろうとしたら十五音ほどで言葉が終ってしまった。あと二音足りない。じゃァ「かな」でもくっつけておくか。――こんな態度では、「かな」は絶対はたらいてはくれないのです。

「かな」が沈黙の切字ならば、〈「けり」は決断の切字〉と言っていい。こっちのほうははじめから、「これでいくんだ」「これしかない」と肚をくくっている。だから、

「あれか、これか」と省略に迷っていたんでは、「けり」はひびかない。

霜柱俳句は切字響きけり　石田波郷

という著名な作がある。ごらんのように〔型・その4〕の作り方だが、この句を読むと鋼のようなつよい作者の意志が感じられる。「こう言うんだ」とはじめからきめて、そのおもいを一句のリズム、なかんずく下五の切字「けり」に托したからである。「けり」はきっぱり使う。言いよどんではその効果を発揮できないのである。

それから、もう一つ実作に即した点で言うと、「かな」は名詞にかぎらず動詞・形容詞ほかにもつく融通性があるが、「けり」は動詞にしかつかない。これは自分で作句してみればすぐ分かると思う。

その動詞の中でも、分かりやすく言えば、「咲く」「歩く」「泣く」などのように「語尾」に「く」「ぐ」のつく動詞に「けり」を用いるときは、二種類の言いかたができるので要注意。左にその例をいくつか挙げておいたから参考にして下さい。

	A	B
沸く	沸きにけり	（沸けり）
叩く	叩きけり	（叩けり）

開く　開きけり　（開けり）
描く　描きにけり　（描けり）
泣く　泣きにけり　（泣けり）
歩く　歩きけり　（歩けり）
急ぐ　急ぎけり　（急げり）
行く　行きにけり　（行けり）

ほかにもいろいろあるが、Aのつかいかたがここで求めている切字「けり」である。以上のことを念頭において、〔型・その4〕の句を作ってもらうことにする。「かな」の場合にならって、今回も次週をまたず今週中に、一句提出としよう。したがって、次項以降は宿題を終ってから読んでいただきたい。

〔型・その4〕の応用型

〔型・その4〕の応用型をいくつか挙げてみよう。最初は、上五が名詞季語であってもそこで意味の断絶がなく、中七以下にかけてずっと季語にかかわっている例。

冬の虫ところさだめて鳴きにけり　松村　蒼石

羽抜鶏片目にわれをとらへけり　古舘曹人
草笛に船霊さまを呼びにけり　中岡毅雄
水鉄砲にも引金のありにけり　鈴木榮子

こう見ると、ほとんど一物俳句に近い詠い方となっている。上五で意味を切ると切らないだけの違いだが、仕上がった作品の姿は大分ちがうということが分かるだろう。

次は、上五の季語名詞に「てにをは」がついた例。

花屑を足掻きて神馬飢ゑにけり　飴山實
炎天の船ゐぬ港通りけり　福田甲子雄
狐火を見て命日を遊びけり　黒田杏子
雉子の眸のかうかうとして売られけり　加藤楸邨
松茸の椀のつつつと動きけり　鈴木鷹夫
ぽつぺんをわが名のごとく吹きにけり　岡田史乃

これでも一物俳句に近い詠い方。配合の句でもきわ立って対照的ではない。しかし「けり」のひびきのつよさはいずれも確か。

次は、季語が中七に変わった例。

草にふれ秋水走りわかれけり　中村汀女
道ばたの家に初富士聳えけり　百合山羽公
くろがねの秋の風鈴鳴りにけり　飯田蛇笏
松風に筍飯をさましけり　長谷川かな女
みづからの花影のうちを枝垂れけり　島谷征良
地下街の列柱五月来たりけり　奥坂まや

「けり」の要点

以上、〔型・その４〕の応用型を見てきた。あらためてことわっておくが、切字「けり」にはきっぱりした決意が必要。そしてひと息に言い放ったと感じさせる、つよいリズムが要求されることを忘れないでもらいたい。

もうすこし、「けり」についての要点をしるしておこう。

これは私が「けり」を使うときのポイントとして心がけていることだが、〈前半勝負〉の作り方。まあ、前半が言いすぎと言うならば、〈上五・中七勝負〉。今まで挙げてきた作で分かりやすい例を引くと、

はつあらし⟷佐渡の味噌（とゞきけり）
水馬⟷弁天堂（荒れにけり）
松風⟷筍飯（さましけり）

など。これで分かるように、上五と中七だけですでに二物の衝撃が行われ、そしてそれぞれの句の核はここの部分で完成されている。この三句の下五（カッコ内）にとても平易な言葉がおかれていても、一句の手ごたえが相当なのは、上五・中七の衝撃のもたらす核の密度が高いからである。

そんなことをつねづね思っているから、私は「これは絶対『けり』を用いる内容だ」と直感したときは、上五・中七に重い言葉をもっていこうとする。〈重い言葉〉と言うのは、イメージのひろがりの大きい言葉であり、ものを表す漢字（名詞）である。

そうすると、「下五はどうなるのか」「『けり』はなんの役をするのか」といった疑問が出てくると思う。当然である。私は、上五・中七での衝撃が「これでよし」となると、あとの下五は、その核の密度にふさわしいひびきをもった動詞を考える。それは手のこんだ、ひねくった動詞より、素朴で明快な動詞となることが多い。そのほうが「けり」のきっぱりした切れ味が生きてくるようである。

以上のような考えによって、私は〈前半勝負〉を心がけているわけだが、こうして文章にするとずいぶん時間をかけているようだけれど、じっさいは短いときで数秒、長くても一分以内ですべてが完了する。そんな短い時間でも、ときどき「これならよい」といえる俳句に恵まれるのは、四十年以上も作句を怠らずつづけてきたお蔭であると思うが、一方で「けり」の俳句は一発勝負といった気味合いがあって、推敲でこねくりまわしたら、おおむね失敗するという自覚があるためでもある。〈「けり」は決断の切字〉というゆえんである。

では五人の一句を見ることにしよう。

返り花讃美歌ひとつ忘れけり　さとみ
朴落葉安曇野暮れてゆきにけり　深志
福寿草姉の一家の帰りけり　美木子
寒の入画布はる釘を打ちにけり　旅水
寒卵母の齢を越えにけり　桂子

今回の作品を見て、「おや？」と思った。いや、妙ちくりんじゃない、反対でとてもいい。とくに前回とくらべたら段ちがい、別人のよう。「よくやった」と褒めよう。もっとも前回は、新年季語が多用されたから、かなりの句歴の作者でも失敗しやすいという落し穴があった。それを知らずに作ったんだから、致し方ないと言えば致し方ない。それにしても今回は上出来。「けり」にふさわしくできている。

個々の作に移ろう。

初期の代表句

〈さとみの句〉まず季語「返り花」がよろしい。季語を研究したことがよく分かる。『歳時記』をひらいて、その季節の中から自分の気にいった詠いやすそうな季語を選び、その季語で集中的に何句も作る、という勉強法もある。おそらく「返り花」もさとみさんの気に入った季語だろう。これの配合「讃美歌」も若々しい感じで、また女性的なムードもただよっている。私は讃美歌についてはヨワいのだが、作者はいくつか知っていて、そのうちの一つの歌詞がどうもあやふや、と言うのだろう。今までのさとみさんの句ではこれが一番の出来ばえだ。

〈深志の句〉作者の出身地安曇野の印象を回想して作ったという。回想の句は誰しも作るわけで、そういう詠い方はけっして悪くはない。ことに自分の生まれ育った地や、長く住んだ土地の回想は、時としてたいへんロマンチックな一句を生むことがある。ただし、回想句は、回想的に詠んではダメ。自分が今そこにいると仮定して詠わぬと、現実感を失い、感傷ばかりが目立ってしまう。

深志君はいいほうの詠い方をした。自分が今、郷里安曇野の夕暮れに立っていると

して作った。そこが成功の主因。このままでもなかなかと思うが、ちょっと手を入れて、

朴落葉安曇野暮れてしまいけり　深　志

こうすれば、暮れる前の安曇野を見ていた作者、暮れてしまった安曇野に心をのこす作者、その両方を感じて、ずっと厚みが出てくるでしょう。

〈美木子の句〉季語「福寿草」が効果的。それから「姉の一家の来たりけり」でもちゃんと句になるが、「来た」というより「帰った」と言うほうが、この場合イメージが広がる。理屈でなくそういうものなんだね。それだから私は、「作句のポイントは終ったところ」と言ってカルチャー教室で話している。このことについてはいずれくわしくふれるつもり。美木子さんも第一作とくらべると見ちがえるばかり。

〈旅水の句〉作者の趣味のひろさが分かる句だが、ちかごろは絵のほうはご無沙汰で、もっぱら作句に熱中しているという。その成果がちゃんとこの句に出た。「寒の入」は宿題どおりに作ろうとしたからこうなったわけで、その努力を大いに買いますし、これでもなかなかの作品と言える。が、私は直感で、この句は、

大寒の画布はる釘を打ちにけり　旅　水

だ、と思った。宿題を出したほうが約束破りしてはいけないが、この句はそうすべきで、そうすることによってはるかに堂々としてきます。こういう形にして記録にのこしておくことにしよう。旅水の初期代表句となるはずです。

〈桂子の句〉こんどはちゃんとできました。「母の齢を越えにけり」は、「母の齢に近づきぬ」「母の齢となりにけり」などと並んで類想がじつに多い。すなわち類想・類型句です。しかし、前回述べたとおり、これは作者にとっては、あるレベルに達したというられしい証拠。これを足がかりにしていっそうがんばって——。「寒卵」の季語も進歩の証。

次週までに作るのはやはり「けり」の二句。型は基本でも応用でもさしつかえなし。

◎今週の暗誦句

天の川鷹は飼はれて眠りをり　加藤楸邨（明治38年〜平成5年）

鮟鱇の骨まで凍てでぶちきらる　西東三鬼（明治33年〜昭和37年）

中年や独語おどろく冬の坂

中年や遠くみのれる夜の桃

第18週

俳句を上手に作る法

＊俳句上達のコツ
＊季語を離して使う
＊ストップ・モーション
＊先人の名句を読む

俳句上達のコツ

「どうしたら俳句を上手に作れるようになりますか」

ある日、深志君が思いつめたような表情で、こう質問した。どうやら「俳句を作る」ことがおもしろくなり、いささか欲が出てきたらしい。

私がまだ初心者のころ、先輩から、

「作句する人は、一、三、五年の奇数年に分かれめがある」

と言われたことがある。一年め、三年め、五年めというのが一つの節目で、ここで、

・作句にいっそう欲の出る人。

・作句に見切りをつける人。

とに分かれることが多いのだそうだ。正確に統計をとったわけではなく、永年の勘(かん)でそう言ったのだろうが、私の経験から言っても、この説、当たらずとも遠からず、だ

と思う。そして、五年を経過すると、よほどのことがないかぎり「作句をやめる」人はいなくなるようだ。そのころになると作句のよろしさ、たのしさが身に沁みてくるし、仲間もできるので、手放し難くなるのだろう。

深志君はまだ一年にもならぬのに欲が出てきた。先週の好調に気をよくしたのかも分からない。

ところで、深志君の質問だが、これは五年、十年の句歴をもつ作者にもときどき訊かれる内容。結論を言ってしまえば、そんな手軽な方法やクスリがあったら、俳壇に名人上手があふれてたいへん。だいいち俳句を作ろうなんて意欲がなくなって、この詩型、きっと消滅してしまうだろう。が、これでは真摯な深志君の質問に答えたことにはならないから、私の考えを一つ述べておこう。

いささか我田引水になるが、本書には、深志君の言う「俳句を上手に作る方法」がいっぱい書いてある。わずか数ヵ月で、みんなが先週のような俳句を見せてくれるのだから、私は自信をもってそう言える。だが、実作に即してみてどこが一番のポイントになるかと言うと、やはり「季語」。私は周囲の人たちに、「季語の使い方如何が、一句の成否の五〇パーセント以上を左右する」と、いつも口を酸っぱくして言っているし、句会で注意することも季語にかかわることが多い。その二、三を抜いてみよう。

・季語（A）とその他のフレーズ（B）とは近づけてはいけない。離して使うことを心がけよ。

・季語を修飾しても効果はない。季語に余分な言葉を使わぬことが大切。

・季語に使われてはいけない。作者が季語を使いこなすのである。

・季語のほうを見て作句するな。季語のこころでほかのものを見よ。

季語を離して使う

右のことはこれまでもしばしば書いてきたが、ここでは最初の「離して使うこと」の説明をしておく。

これは四番めの「季語のほうを見て作句するな」と、大いに関連するのだが、まず次の句を見てみよう。

黒板に文字なにもなし夏休
綿菓子の手になつかしや秋祭
春愁やピアノ弾く指ためらへる

一句め。上五・中七のフレーズは、季語しだいで何かが表れる力をそなえている。しかし「夏休」という季語では、

夏休（だから）黒板に文字なにもなし

〈桂子の句〉先週は大分よくなったと見たけれど、今週はまた〈季語を説明する〉悪い詠い方に戻ってしまった。とくに後句は、

　晴着↓(だから)↓衣ずれの音ゆかしき

といったふうの棒読み状態。そのうえこのフレーズは新年季語の「めでたさ」の部分で成り立っているという、最悪の内容になってしまった。桂子さん、虚心に、ごくふつうに、あまり俳句を床しく作ろうなどと考えずに、日常の自分をそのまま表現することを大切にして下さい。どこか俳句という形式を勘ちがいしている様子。短歌を作っていた影響かな。そして季語を直接詠うのではないことも、もっとしっかり自覚することが必要。

前句のほうは「晴着」よりはいいけれど、それでも〈「福茶」を飲む茶碗だから〉という形にできているのが、結局致命傷だった。再度の復習を。

遠近・大小の組み合わせ

桂子さんがどうもうまくいかないのは、配合・二物衝撃ということに対する考え方が、まだ不確かなことにも一因あるかもしれない。それだから、季語を説明したような一物俳句に近い形になってしまう。

配合を明確にし、そしてできあがった一句の印象も明快になる方法の一つを、ここ

ということになってしまう。〈だから〉でつながる形はまずいということ、まえにもふれたことがある。それはたいてい、季語を説明する結果になるからである。こういう場合、上五・中七はそのままにしておいて、季語を離すようにするとよい。言いかえれば〈だから〉を消すのである。

黒板に文字なにもなし百日紅

一例だが、百日紅が咲くころは夏休、「それで校舎は閑散としているのだろう」の連想をさそう。季節にこだわらなければ、

黒板に文字なにもなし秋祭

でもよい。「秋祭で学校の授業がないのかも」ということになる。それに、秋の祭りは農山村に多いから、「この学校は分校か」といった想像もするだろう。これはあの「ありうべき嘘」ですよ。「夏休」だと上五・中七のフレーズと直結して〈だから〉になった。が、「百日紅」「秋祭」にすると、一呼吸おいてフレーズと結びついている。一呼吸はいわば間であり余韻である。こういう間を考えた季語を選ぶことが、上手への道だ。この「季語を選ぶ」ということは、「季語を使いこなす」ことに通じている。

二句め。「祭」だから「綿菓子」が当たりまえ。むしろ「綿菓子」は「祭」そのも

のと言っていいくらい両者の関係は近い。一句めにならって、ここは間をつくるべきところです。

綿菓子を手になつかしや秋晴るる

このくらいでいい。「これでは祭りか運動会か文化祭かハッキリしない」と言われるかもしれないが、それは明確でなくていい。なぜなら、この句の狙いは「綿菓子」のなつかしさにあるのだから。もし祭りや文化祭でなければというならば、「綿菓子」以外の狙いどころを、ほかに求めることです。

ちなみに、この「なつかしや」もかくしておきたいところ。しかし今は説明がややこしくなるので、このままにしておく。

三句め。これも「春愁」↔「指ためらへる」の関係がストレート、かえって嫌味さえ生じている。これも季語をさりげないものにして、背後に愁いを感じさせるほうがいいわけだが、じつは「ピアノ弾く指ためらへる」の印象は、もうかなりの愁いを含んでいる。

春宵やピアノ弾く指ためらへる
早春やピアノ弾く指ためらへる

惜春（せきしゅん）やピアノ弾く指ためらへる

三案考えてみた。さて、あなたならどれを採用するか。

「春宵」案。これは甘美がすぎると思わないだろうか。どことなく乙女（おとめ）チック。そのぶん俗っぽさがただよう。

「早春」案。さっぱりしていい季語だが、少々誤解が生じるおそれあり、です。「早春」だとまだ寒さがのこる。すると「ためらへる」が、心のためらいでなく「寒さのため」と早トチリされそう。

「惜春」案。これがいいでしょう。「や」を使ったのでこうしたが、それにこだわらなければ「春ふかし」にしたい。このほうがキリッとします。

以上三例で分かるように、二物の（A）（B）がストレートに結びついてくると、どうも軽薄になる。深い余韻が生まれないことに納得されたと思う。つまり、いい間が必要である。このいい間ということを、

・不即不離（ふそくふり）

という。「即（つ）かず離（はな）れず」です。しかし、ひとくちに不即不離というけれど、これがじつにむつかしい。これればかりは、書いたり言ったりして教えるというわけにはいかない。自分で俳句を作りながら、失敗したり成功したりして、その間合いのコツを感

じとっていくよりほかないのです。言ってみれば、俳句の勉強というのは、この間を覚える勉強だとしても過言ではない。

ここで深志君の質問に戻ると、深志君の求める「俳句を上手に作る法」というのは、この間合いをいかに身につけるか、にかかっていること、もうお分かりだろう。作句のさい、いつもたえずこのことを考えていたら、それを無視して作句している人より、はるかに上達は早いこと請け合いである。けれども、俳句は、短時日でうまくなろうなどと考えたら、息がつづかなくなる。「一生かかって名句を一句作るための地盤を固める」くらいの気持ちでいて、ちょうどいいのである。焦らず、一歩一歩すすむことを考えよう。

木枯しの本郷に用ありにけり　　さとみ
早春のエレベーターで上りけり
月のぼる路地に凩吹きにけり　　深志
夕茜スキー合宿終りけり
深雪晴紅茶のレモン浮きにけり　　美木子
いぬふぐりあまた見つけて通りけり
寒明けのいのちの水を飲みにけり　　旅水

ネクタイを解きて寒さを言ひにけり
春造花開幕ベルの鳴りにけり　　桂子
ショールして寒牡丹見て帰りけり

ストップ・モーション

〈さとみの句〉　二句とも結構な出来。あまりしっかりできすぎていて、私のほうが戸惑うほど。前句の「本郷」という地名、作者はあまり考えずに、じっさい、本郷に用事があったのでそう詠った、と言うけれど、偶然のお手柄。同じ四音の地名でも、新宿、品川、浅草では感覚的に落ち着かない。やはり本郷だ。今後のことを言うと、地名はこういうふうにうごかし難くおかれていることが必要。季語もうごいてはいけないが、地名もそうである。

もっとも、作者の原案は中七が「本郷に用事」だったという。が、これでは字余りで私に叱られるから、いろいろ考えているうちに「事」がなくてもいける、と気づいた。そういうような思案、工夫はみんな作者自身のすること。作りっぱなしでは進歩がない。

後句は若々しい感じのする句。中七を、

早春のエレベーターと上りけり　さとみ

としよう。一音の違いの大きさ、味わって下さい。

〈深志の句〉前句。「凩」は吹くものときまっているから、この下五「吹きにけり」はほとんどはたらいていない。ということは、言葉の順序をすっかり置き換えて、もう一度組み立てを検討。

凩　月のぼる　路地

凩　路地　月のぼる

こうやって並べかえていくうちに、何かヒントを思いつくこともあるし、どうしてもうまくいかぬときもある。イケナイと思ったら、潔く捨てて新しい素材を探す。これはじめに「決断の切字」で言ったとおり。どちらにするかの判断は作者にまかせよう。

後句。これはいいね。何日かの合宿が終って帰ろうとするとき、夕茜がスキー場を染めているところ。新鮮です。こういうふうにすっきりできたのは、一にも二にも「けり」のお蔭。いや、実力もついてきたけれど、今のところは型に助けられている。もし「けり」を知らないで気ままに作ったとしたら、こうはいかなかったと思う。くれぐれも型の恩恵を忘れぬよう。

〈美木子の句〉　二句ともこう直してみた。

深雪晴紅茶のレモン匂(にお)いけり　　美木子

いぬふぐりあまた見つけて踞(かが)みけり

前句。紅茶に浮いたレモンも視覚的で悪くはない。原句のままでも〈深雪晴↔紅茶のレモン〉の二物がよく衝撃しているからね。つまりは季語「深雪晴」がとてもよかったわけだが、下五は原句よりも「匂いけり」のほうが、「晴」とひびき合うところがある。微妙な点だから、まだ分からないかもしれないが、この調子で作句をつづけたら、半年か一年さきに、「なるほど」とピンとくるときがあるはず、その日のために記憶しておこう。

後句。「通りけり」では、そこを過ぎてきたことになる。すると、たくさんのイヌフグリの花がうすれてしまう。イヌフグリの咲いた道の辺のイメージが、読者に顕(た)ってこないと句の力が弱くなるから、ここはストップ・モーション。フィルムの回転を止める。したがって作者も止まる。とすると「踞みけり」が適切。

この二句の評は、かなり高度の技法をやさしく伝えたつもりです。

先人の名句を読む

〈旅水の句〉先週の「大寒の」もそうだが、この二句も本格的な姿、どうして大したものです。聞くところによると凝り性の旅水さんは、〈今週の暗誦句〉だけではもの足りなくて、高浜虚子、飯田蛇笏、石田波郷の句をたくさん読んでいるらしい。そういう努力の成果、出ていますよ。こうした先人の名句を読むということは、直接すぐに結果は出ません。出ないからみんな手を抜いて読もうとしないのだが、私が、〈今週の暗誦句〉をしっかり覚えなければ先へすすんではいけない、とキツく言っているのは、先人の句を読んで覚えることの重要さを知っているからです。この勉強は大事な基盤づくり。大きな建物には大きな基盤が必要。基盤作りをおろそかにしてさきへ行こうとしても、そうは問屋がおろさない。俳句形式、小なりといえどそんなに甘くはないのです。

で、旅水句になるが、一句めの「いのちの水」、うまいのだがちょっとあぶない。「いのち」という言葉が観念へ観念へとさそうところがある。こういう言葉を多用すると、ひとり合点の袋小路へはいりこんでしまう。そこがあぶない。今のうちは、まだまだ眼でデッサンする勉強をしてもらいたい。

二句め。これは上等の作です。

〈桂子の句〉一句め。「春造花」が情けない。季語でない机、鏡、本などに春夏秋冬のどれかつけて、春机、春鏡、春の本などと用いて季語のつもりでいるのは、季語のはたらきの重さを認識していないもの、と私は思っているが、この「春造花」もいけません。劇場のロビーで見たのでしょうが、

夕桜開幕ベルの鳴りにけり　桂子

といったように大らかな季語で、観劇の心ゆたかさを表現しましょう。

二句め。季重なりになっている。作者は「ショール」が季語とは知らなかったそうだけれど、それをしかたなしとすれば、この句はまずよろし、です。が、桂子さんの季語認識もう一つ深めてもらいたい。そこがこの作者のこれからの課題。

これで切字「けり」の句を終る。つまり〔型・その4〕を終ったから、私の言う四つの型の全部を修了したことになる。まずは「めでたし、めでたし」である。

けれども、ここで「これからさきはどうぞご自由に」とバイバイするわけにはいきません。まだ言いのこしたことがいくつかある。知ってもらいたいこと、確認しておきたいこともある。もうしばらくおつき合いねがう。

とりあえず来週は、二句ずつ作ってもらう。その二句は言うまでもなく、切字「や」「かな」「けり」を用いたもの。そう「かな」の出来があまりよくなかったから、「かな」の句を一句と、もう一句は「や」「けり」どちらでもいいとしよう。それらの

作品によって復習をし、かつまた〈20週〉以後をどうするか、などにも言い及ぼうと思う。

◎今週の暗誦句

曇り来し昆布干場の野菊かな

七夕や髪ぬれしまま人に逢ふ

橋本多佳子（明治32年〜昭和38年）

夏痩せて嫌ひなものは嫌ひなり

薄紅葉恋人ならば烏帽子で来

三橋鷹女（明治32年〜昭和47年）

第19週

「をり」「なり」「たり」

＊内容に応じた使い分け
＊旅の俳句
＊吟行ということ
＊漢字は重く片仮名は軽い

内容に応じた使い分け

前週「けり」の用法は、俳句に対する馴(な)れもあってか、予想以上の出来ばえであった。自信をもっていいと思う。

その「けり」と似た切り方に、「をり」「なり」「たり」がある。ほかにもいろいろあるが、この三種はかなりの頻度(ひんど)で使われるから、「けり」の応用型の応用といった形で知っておきたい。作句数がふえてあれこれと応用型を駆使(くし)していくと、「ここはどういう切れを使うべきか」に迷うことがあるが、私の見るところ、「けり」とこれら「をり」「なり」「たり」の使い分けがどうもうまくいかぬようである。見た目にはたった一音の違いだが、一句全体にあたえる影響は大だから、ここらの違いを見きわめて、内容に応じた使い分けができるようになってもらいたい。

野分あと口のゆるびて睡りをり　石田波郷
囀りの下に僧の子遊びをり　角川春樹
芦刈の音より先を刈りてをり　大石悦子
山清水さびしき指の揃ひをり　鎌倉佐弓

「をり」は口語で言えば「ゐる」だから、今そのことがそこで行われている、その状態がそのままつづいている、といったことを表すときに用いる。おおむね穏やかな情趣である。

かりがねのあまりに高く帰るなり　前田普羅
雪催松の生傷匂ふなり　上田五千石
霧の夜へ一顔あげて血喀くなり　寺田京子
ひでり野を孔雀は飛ばず走るなり　澁谷道

「なり」は口語で「だ」「である」という断定の意。次の「たり」と同じだが、「たり」とくらべて自然ですんなりしている。しかし、使い方一つで「たり」よりつよくひびく場合もある。

大寒と敵のごとく対ひたり　富安　風生

羅の下きびしくも縛したり　山口　青邨

冬園のベンチを領し詩人たり　木下　夕爾

春昼の頭そつくり疲れたり　鳴戸　奈菜

「たり」は「なり」と同じ意だが、この語感から察せられるように、重くつよいひびきがある。したがって、内容のやわらかいもの、穏やかなものを表現するには、ふさわしくない。

はじめに私は、一般にこの使い分けがうまくないと言ったが、その原因は作者の推敲不足。たとえば「野分」の句、こうすれば判然とするはずです。

野分あと口のゆるびて睡りをり（原句）

野分あと口のゆるびて睡りけり

野分あと口のゆるびて睡るなり

野分あと口のゆるびて睡りたり

迷ったときは、こうして四とおりの句を書いて机上におき、朝夕暗誦すればおのずから自分の意にかなった下五が選べる。それを手抜きして、「まあこのへんで」などと妥協してしまったらいい句はのぞめないし、何よりも自分が可哀そうでしょう。俳句は韻文である、リズムがあると言って、私が朗誦を重んずるゆえんは、こういうところにあるのです。

旅の俳句

話題は変わるが、先日、旅水さんから旅行の句について訊かれた。モデル紹介のところでもふれたように旅水さんは旅好き、旅さきでの作句をどうしたらいいか、そのヒントが欲しかったらしい。

私の答えは、「観光客の眼でフワフワと対象をとらえても、軽薄な句しかできない。旅という思いを捨てて、そこの土地に根を据えたつもりになって観察することが大切」という趣旨だった。

新蕎麦をすりてをりぬ旅の宿　旅水

第14週に提出した旅水作だが、この評で私は、

「旅の宿」「山の宿」「山の駅」は初心の作者が一度は用いる常套語。場所を示しただけの報告的な下五だったのが惜しい。

と書いた。作者はそれ以来ずっと考えあぐねていたようだ。

こういった場合、「旅」や「宿」の文字にこだわらずに詠うのが、より上質の句にする決め手。たとえば、

新蕎麦をすすりてをりぬ木曾泊り

新蕎麦をすすりてゐたり山の音

などとすれば、「旅の宿」の報告臭は消えて、作者の息づかいがかなり出てくることが分かるだろう。前句のように、「旅」に代わって、「木曾」の地名を使えば、漠とした印象がかなり明確になって、一句の背後が連想されるようになる。しかし、私は後句の「木曾」も除いてしまった作り方のほうが、本格的でより上質と思っているが、まあ、これはみなさんに求めているのではなく、自分に言いきかせていると思って下さい。

「旅」を言うより地名、固有名詞を用いたほうが、俳句の姿がハッキリすること、これで理解できたと思う。けれども、それだからといってすぐ地名、固有名詞に頼ろうとしないこと。五音の地名に五音の季語と切字を使うと、あと残りは七音。中七だけ考えればいいということになる。最初の第一作はこれ式だったが、もうここまですんできたら、易きにつくことは禁物。とにかく努力して作ることにしよう。

ついでに言うと、「車窓」というのも「旅の宿」と同じく頻繁に利用されるが、こ

れも捨ててしまいたい。車窓で見た風景でも、それは度外視して、その場所に降りて作ったような俳句にする。私は東海道新幹線で新横浜・大阪間を往復することがたびたびあるが、車窓風景を眺めながら片道十数句作ったなんてことが何回もある。掛川あたりの茶畑、浜名湖の展けた風景、関ヶ原から琵琶湖へかけての天候の変化などを対象としているが、もちろんいちいち「車窓」なんてことは言わない。そんなことしてたら一句もできません。みんなその土地をしっかり踏んだつもりで作る。それでいいんです。あの「ありうべき嘘」です。

旅行吟（旅吟と略していう）と言えば、私の先生の水原秋桜子が名手。それをここに挙げておこう。カッコ内はその詠われた場所である。

ランプ吊りなほ暮れかねつ時鳥（磐梯ホテル）　水原秋桜子
丘飛ぶは橘寺の燕かも（飛鳥・橘寺）
薫風やけぶりて見えぬ海地獄（別府）
蜜柑島めぐる潮の瀬激ち合ふ（瀬戸内海・生野島）
滝落ちて群青世界とゞろけり（那智滝）

吟行ということ

旅行吟にふれたので、「吟行」の話もしておこう。

「吟行」の本来の意味は〈詩や歌を吟詠しながら歩くこと〉だが、ちかごろは、〈和歌・俳句を作るため郊外や名所・旧蹟などに出かけること〉と辞書にも載るようになった。辞書にあるとおりだが、日帰りや一、二泊で俳句を作る目的で出かけること、そして行先は必ずしも名所・旧蹟にこだわらない。昨今は三泊四日といった吟行も珍しくなくなったから、そうなると、「旅吟とどうちがうのか」と戸惑うかもしれないが、厳密な区別はない。まあ、旅のほうが目的か、俳句を作ることが目的かの違いであろう。

もっとも高浜虚子が、「以前は吟に重きをおいて行（旅）は従であったが、最近は反対に行に重きをおいている」といったことを、昭和のはじめに言っていて、この傾向はいよいよつよまっているから、旅吟との区別もハッキリしなくなっている。区別にこだわる必要もないだろう。

ひとくちに吟行と言っても、二、三時間から日帰り、あるいは数泊もするなどと、時間的にもまちまちだが、人数もまたいろいろ。概して二、三人から七、八人といったところが適当だけれど、一人のもあれば数百人が大ホテルに泊まって行うものも珍しくなく、大ゲサに言えば吟行ブーム。老若男女みな嬉々としてたのしんでいる。

「吟行と言うと家を出やすくて……」

と言う主婦も少なくないから、レクリエーションの役割もあるのだろう。

また、中には、

「吟行に行かぬと句ができない」

という作者もいれば、反対に、

「吟行句はどうも苦手だ」

と嘆く人もいる。これは机に向かって、ゆっくり想を練って作る作者だろうが、俳句作者たるもの、やはり吟行へ行ってスカッとした一句を作る修練も、積んでおかなければいけない。家に閉じこもっていなくても、日常生活の中だけで取材していると、素材も発想も固定化してしまう。見なれたものばかりでは、いつかマンネリ化するおそれもある。時には目新しい風景や行事に接し、ふだんはふれることのない季語も見たりして、新鮮な感動を呼びさますことも大切。吟行の目的はじつはそういうところにあるのだが、あまり大仰に考えず、「ちょっと行ってくる」ていどのところに、詠いやすい場所を一つ二つきめておくとよい。

そのような場所（吟行地）がきめてあると、四季の変化はもちろんのこと、同じ季節でも、前年、前々年との違いやわずかな変化が分かり、そのたびに自然の奥行きの深さを教えられることがある。また、そういうことをかさねて、自然を見る眼をやしない、季語の味わいを知っていくわけである。

そういった意味で私は、名所・旧蹟などよりも、近くの林や湖沼、丘、海岸、川などの平凡な場所に、吟行地を作っておくことをおすすめしたい。

漢字は重く片仮名は軽い

それでは最後の宿題句を見ることにしようか。

朝市に濡れて並べる山葵かな　さとみ
蒲公英やかすれはじめしボールペン
馬場に出て馬の嘶く桜かな　深志
珈琲の豆挽く音や蝶の昼
カステラのすこし乾いて麗かな　美木子
夕桜玉子つやつや剥きにけり
竹藪に人はいりゆく霞かな　旅水
晩学に机一つや春灯
長々と貨車の走りぬ蛙かな　桂子
春の宵間違ひ電話かかりけり

〈さとみの句〉二句めの「蒲公英」は〔型・その1〕でもっとも安定した型。今回この型を使ったのはこの一句だけだったが、やはり安心して見ていられるといった感じ。型に頼りすぎてもいけないが、型の特長を十分に生かす心づもりで用いれば、安定感は一番です。季語を漢字で書いたが、さとみさんが二十代だと分かると、どこかナウイ感じもするから不思議。

一句めは棒読みみたいになってしまった。上から下までだらだらつながった。この〔型・その3〕の基本型の認識があまいと、たいていこうなってしまう。「山葵」は「朝市」のものだけれど、表現のうえで離して、

朝市の道ぬれてゐる山葵かな　さとみ

とすれば、棒読みの句にはならぬでしょう。「かな」の棒読みにはご用心、と言っておこう。

〈深志の句〉二句を見てパッと気づいたことだが、深志君、漢字に書ける字は全部漢字にしたね。最初のころは深志君もさとみさんも、「漢字は苦手」と言っていたが、今や大の漢字ファン。漢字の味の深さが分かったようだ。しかし、です。俳句を書くときには、視覚的印象も大切にしなければいけない。芭蕉の時代とちがって、今は活

字によって読まれるわけだから。漢字は重く堅い印象、平仮名はやわらかく片仮名は軽い。そうした点を考慮に入れて、内容にふさわしい漢字・平仮名・片仮名の組み合わせにする。なに、そんなむつかしいことではない。一句めの「嘶く」、二句めの「挽く」を平仮名にすればいい。つまり「馬のいななく」「豆ひく音や」だ。

で、一句めの季語だが、これはほかの季語にしたい。深志君は知らないだろうが、「咲いた桜になぜ駒（こま）つなぐ、駒が勇（いさ）めば花が散る」という俗謡（ぞくよう）があって、張り切りすぎたり得意になりすぎると、かえって失敗するというたとえに使われている。すなわち俗っぽいんだね。ま、ここは馬場を広いという設定にして、

　馬場に出て馬いななける霞かな　　深志

としよう。

二句め。「珈琲」も「コーヒー」でいいだろう。ただし、関東はコーヒーだけれど関西はコーヒ。困るんだよね。関西の人が「珈琲を飲んで」と中七に使うと、私はどうしても字余りで読む。ときどき混乱するんだが、深志君は関東圏の出身、「コーヒー」でいこう。

〈美木子の句〉　一句めは、

カステラのすこし乾ける麗かな　美木子

としたい。「乾いて」だと下五の季語を意識した〈つなぎ〉的表現だね。それにリズムもどこか弛んだよう。こういうところをキチッときめると、印象がずいぶんさわやかになる。

二句め。「つやつや」がすこし安っぽい。「けり」に固執するとこれ以上の考えがうかばぬだろうから、上五・中七の「や」切れ、あるいは「かな」にすることも考慮するんだが、「夕桜」が五音だから、上五でダメだったら下五においてみる。すると、

つややかに剝きし玉子や夕桜

こっちのほうがいい。私の趣味では「玉子」より「卵」なんだけれど。

〈旅水の句〉二句めはこのままでよろしい。中七「や」切れの固さ重さが効果的。

一句めは読み方でちょっと迷った。「人入りゆく」か「人は入りゆく」か。表記は、自分ではこう読むしかないと思っていても、ひとさまはとんでもない読み方をすることもあって、なかなかむつかしいものです。この句、作者の弁は「人入りゆく」にしたかったけれど、「人」と「入」が似た字なので、それを避けてこうしたのだという。旅水さん、なかなか勉強している。が、どうしても「人は入りゆく」と読む人は出て

くる。それで「ひと入りゆく」という表記も考えてみたが、最終的には「人の入りゆく」。

竹藪に人の入りゆく霞かな　旅水

これなら読みちがわぬだろう。こうなるとこの句もいいねぇ。

〈桂子の句〉一句め、中七の終りの「ぬ」、これはかなりつよい。「かな」の句では上五や中七につよい切れを使わぬ、というタブーがあった。あれを思いだして下さい。それから「長々と」「走りぬ」は連繫(れんけい)した言葉だけれど、すこしズレありと思いませんか。

長々と貨車の通りし蛙かな　桂子

「通る」なら「長々と」と合う。俳句は短いから、ちょっとした言葉のズレが、一句の結晶度を弱めてしまう。これも何度か朗誦するうちに、しぜんと分かってくるもの。自分の句も大いに朗誦、朗誦。

二句め。俳句としての形はちゃんとできている。第一作第二作だったら「これでいいでしょう」と言ったと思う。が、今となってみると、〈詩〉を感ずるかどうかが問題になるでしょう。これは俗情のほうに傾いている。桂子さんは形はととのってきた。

季語の使い方も分かってきたようだ。あとは「どういう対象をどう詠うか」が課題となる。先人の名句を読んで勉強しよう。

◎今週の暗誦句

吹かれきし野分の蜂にさゝれたり　星野立子（明治36年～昭和59年）
大仏の冬日は山に移りけり
梅干して人は日蔭にかくれけり　中村汀女（明治33年～昭和63年）
晩涼や運河の波のややあらく

第20週 これからの勉強法

＊実作をくり返すこと
＊「今」を「点」で詠む
＊型のお蔭である
＊まず「どこで切るか」
＊これから歩む道

実作をくり返すこと

いよいよ最後の週になった。

これまで実作をつづけたことによって、無縁だった俳句がぐっと身近なものになったと思う。第20週を終ってから、このさきどうしたらいいか、という話はあとにするとして、私がみなさんにすすめたいのは、「もう一度第8週以降をくり返し読んで、実作を反復すること」。

なにしろ第1週からずっと初体験の連続、戸惑ったり足が地につかぬということもあったはず。したがって要所要所で書いてきた作句のポイントや注意などを、読みすごしているかも分からない。それに、同じ〔型・その1〕の作り方でも、第一作をがむしゃらに作ったときと現在とでは、いろいろな点でちがってくる。型の修得は五句や十句作ったくらいでは不十分だから、その意味でも型にそった実作をくり返すことは大切である。ぜひ実行していただきたい。

「今」を「点」で詠む

今言ったように、第8週以後の実作指導の中で私は、折にふれて作句のポイントや心がけておくべき注意事項を、なるべくやさしく説明してきたつもりだったが、一つだけあえて言わずにきたことがある。それは、

・「今」を「点」でとらえて詠む。

ということである。今までこれを言わなかったのは、作句に馴れぬうちに言うと混乱すると思ったからだが、最後に述べておかぬと画竜点睛を欠く。

早速、次の句を見てもらおう。

白雲と冬木と終にかかはらず　高浜　虚子
一片の落花の行方藪青し　松本たかし
麗かや松を離るる鳶の笛　川端　茅舎
春夕べ襖に手かけ母来給ふ　石田　波郷

三句めを除いて「や」「かな」「けり」を用いていない作だが、いずれも切字を尊重した作者だけに、一句の風姿はきりっとしている。これらの作のどこが「今」であり

「点」であるか。

まず一句め。近景に冬木があり遠景に白雲がうかんでいる。白雲はゆっくりうごいて、冬木に近づきつつあるように見える。作者は、やがてその白雲が冬木の梢とかさなるかと思っていたのだが、その予想はついにはずれ、白雲は梢と交わることなく過ぎていった。

こういう内容だが、白雲のうごきを追っていたしばらくの時間は省略して、「もう白雲と冬木は交わることはない」と分かったときをとらえて、素早く発想している。「分かったとき」というのは生ぬるい。「分かった一瞬」と言いなおそう。その「今」があざやかだから、交わりそうで交わらなかった、白雲と冬木のある空の一点が見えてくるのである。何回か朗誦しているうちに、そのあたりの機微が感じられるはずである。

二句め。この「一片の落花の行方」も、眼で追っていたひとひらの落花の閃く時間を、「行方」でヒタと止め、「藪青し」でそれを確かなものにしている。

一片の落花舞ひ行く藪青し

では「今」も「点」もあまくなるだろう。「行方藪青し」が「今」であり「点」である。

三句め。「鳶の笛」はこの作者の造語。この句や、

灌佛や鳶の子笛を吹きならふ　　川端　茅舎

しんしんと雪降る空に鳶の笛

などによって「鳶の笛」が俳壇に大流行した時期があったけれど、鳶のあの「ピーヒョロロ」と啼く声を笛にたとえた巧みな造語と言える。

高い松の梢にいた鳶が、空へ飛びたつとき「ピーヒョロロ」と鳴いた。これも、

麗かや松にあそべる鳶の笛

麗かや松の空なる鳶の笛

などでは鋭さが消えてしまう。「離るる」という「今」「点」の見事さ。

四句め。胸を患って自宅で静養している作者のところへ、郷里からはるばる老母が見舞いに来たときの作。交通事情の悪い昭和二十三年、作者はやがて療養所で手術をうけようという時期。切迫した感情を抑えに抑えて「襖に手かけ」と描写に徹底した。襖を開けて病室にはいって来、それから坐ってまた襖を閉める老母の動作が見えるような句だが、すべて中七の「今」と「点」による効果である。

以上のことととこれに関連したことを、分かりやすく要約しておこう。

・俳句は、時間・経過を詠うより点をとらえて詠うものである。

・対象を広くひとまとめに詠うのではなく、一点に絞って詠うのである。
・全体を表現するのではなく、部分を詠って全体を感じさせる方法が適切である。
・発端、経過、完了と分けてみたとき、完了の点で詠うと発端、経過も連想されてくるものである。

こうしたことを頭において、これからの作句に役立ててもらいたいと思う。一句を作り終ったあとで推敲（すいこう）するばあい、これらのことを思いだして手を入れると、平凡だった俳句が引き緊（し）まってくるという経験を、私もたびたびしている。きっと役に立つはずである。

型のお蔭である

さて、読者のみなさんともモデルの人たちともお別れが近づいてきた。ここで今までの作品をふりかえってみることにしよう。モデルのひとり深志君の作った俳句を、第一作から順に並べてみることにする。

たんぽぽや乗りかえを待つ小海線　　深志
春愁や八ヶ岳見て長停車
葉桜やオルガンの音の遠くより

メーデーや乳母車押す主婦もいて
汗ふけり大きな石に腰かけて
新宿の空は四角や今年酒
品切れの読みたい本や秋の暮
二つほど藁塚ありぬ町の中
赤い羽根さけて通れり駅近く
カラフルに駅前通り師走かな
ふるさとの山かがやいて初日かな
文庫本読みおわりたる暖炉かな
朴落葉安曇野暮れてしまいけり
月のぼる路地に凩吹きにけり
夕茜スキー合宿終りけり
馬場に出て馬いななける霞かな
コーヒーの豆ひく音や蝶の昼

こう並べてみるとなかなか壮観、深志君「やったあ」という気分だろう。いや深志君ばかりでなくあなたも、自分の作品を書き並べてみれば、「よくぞやりました」の気持ちになると思う。それに「自分史」というにはまだ日数に乏しいけれど、ほぼ一年に近い深志君の生活がにおってくるではないか。これがもっと作句をつづけ俳句もしっかりしてくると、生活のにおいだけではなく深志君の心のうごき、生きる意識まで感じられるようになる。俳句という形式は短いが、二年分三年分とまとめて読むと、おのずからそういったものが一つの流れとして出てくる。もちろん偽りなくしぜんに作句することが条件だけれど。

深志君の十七句の作句のあとを追ってみると、最初の「たんぽぽ」はとても感じよくできた。自分の体験をしっかりふまえて作ったからだろう。そのあと「今年酒」が上出来。もっとも、この原句は季語が「いわし雲」。季語一つでぐんとよくなる例だった。このへんで一つ飛躍するかと思って見ていたが、あとはやや低迷。やはりまだ、俳句が身に沁みこんでいないということだろう。しかし、「朴落葉」でまた上昇、あとは作句に勢いがついたようです。漢字に執着したりした勉強の成果も出てきたと思う。私がこの中からベスト・3を選ぶとすれば、「スキー合宿」「朴落葉」「霞」だろう。やはり後半に集中している。

全体としては上の中くらいの成績だから、見事合格と言ってよい。まあ、くどいようだがそれも型のお蔭。もし型を知らずに「季語と五・七・五だけで作ってごらんなさい」と言われてスタートしたら、こうした好結果は得られなかったと、私、確信をもって断言できる。これからも型の恩寵(おんちょう)を忘れず、たえず型を念頭においた作句を心がけてもらいたいと思う。

まず「どこで切るか」

そういったことを確認する意味で、もう一度〔四つの型〕のサンプルをここに抜きだしてみることにする。

〔型・その1〕

上五	中七	下五
名月や	男がつくる	手打ちそば
季語（名詞）		名詞止め

〔型・その2〕

上五	中七	下五
寄せ書きの	灯を吹く風や	雨蛙
		季語（名詞）

〔型・その3〕

上五	中七	下五
金色の	佛ぞおはす	蕨かな
		季語（名詞）

〔型・その4〕

上五	中七	下五
はつあらし	佐渡より味噌の	とゞきけり
季語（名詞）		

　この〔四つの型〕はすべて基本型。これの応用型というのもそれぞれ二、三型あったから、とりあえず覚えた詠い方は十数とおりになる。私はその十数とおりの型だけで、たいていの対象は詠いこなせると信じてうたがわないのだが、応用型のそのまた応用といった詠い方も、やがて試みたくなるだろうと思う。そうやって多彩な表現力を身につけることも必要なことである。ただし、基本型↓応用型↓その応用型というふうに、基本型から遠くなるにしたがって型の恩寵は少なくなる。このことを忘れてはいけない。それを忘れると、ひとりよがりの自己陶酔（とうすい）の、読者にとっては意味不明、鼻もちならぬという作になってしまう。私はそういう人を「知恵熱にかかった」と称しているが、この知恵、ロクなものじゃないってことを知っておいて欲しい。

　要は、一句を作ろうとするとき、まず「どこで切るか」を考えて、形をととのえるようにする。上五でダメなら中七、中七でうまくゆかぬなら下五、というふうに、頭の中で言葉を操作し、句帖に書いてからまた検討してみるようにしたらいいだろう。そして、まえにも述べたように、応用へ応用へとやって行きづまったら、ためらわず〔型・その1〕の基本型に戻って、もう一度ゆっくりやり直す。これは振り出しに戻らいたい。

と初学指導のさい使っているだけで、俳壇では通用していないこと、知っておいても

また、ふたたびことわっておくが、この〔型・その1〕以下の呼び方は、私が本書

行するかぎり、あなたは長い低迷期と無縁にすごすことができるだろう

って新規まき直しということではない。再スタートの足固めである。それを素直に実

これから歩む道

では、これからの勉強法はどうしたらいいか。

私は本書では、「一番いい俳句の入り口」を知ってもらおうと、ただひたすらにそれだけを心がけてきた。そして、なるべく短期間に「俳句を作る」実技に馴染んでもらい、そのよろこびを知り、ひとりでも多くの人が、俳句とともに生きるたのしさを知って欲しいと思ってきた。必要なことはおおよそ20週の中にちりばめて書いたつもりだが、しかし、俳句の奥行きは深い。私の述べてきたことも、結局は必要最小限のことがらと言ってよかろう。したがってこれからも学ぶべきことは多々あるのだが、さしあたっての数年間は、次のような勉強をしていったら効果が上がると思う。

① 作句を休まずつづけること。一ヵ月三十句は必ず作りつづける努力をすること。

② 鑑賞書、句集その他の俳書を読んで、視野を広め、鑑賞眼を高めること。

③　俳句専門誌を購読し、その投稿欄に応募して実技を磨くこと。

それぞれについて付言しよう。

①は第9週「一ヵ月に何句作るか」（121頁）でも述べておいた。「俳句を作る」ということは、たまに一句、二句と作ることではないし、また、月に五句も作らずに「私は俳人です」などとは言えない。それよりも何よりも俳句は、〈作りながら分かってくる〉ものなのだ。私が「一千句作ってようやく分かる」と言うのも、そうしたことをふまえているわけであるが、当面はとにかく、一千句達成を目ざそうではないか。

②俳句鑑賞書や著名俳人の自句自解集、そして名句集を読むことを怠ると、低いレベルで成長がピタリと止まってしまう。これは歴然としている。「俳句を作る」ことは、自分の内なるものを吐きつづけること。だから内なるものをたえず補充し、かつより良質のものを注入してやらぬと、自分は育たない。育たないだけならいいが、場合によっては衰弱し、退歩する結果になる。

今、俳書の出版は大盛況で、ちょっとした本屋へ行けば数十種の俳書を手にすることができる。

『近代の秀句』（水原秋桜子著　朝日選書）についてはすでに紹介しておいたから、もう読了した人もいるかもしれない。

そういった本を読んでいて、自分の感銘した句、好きな句に会ったら、それを一冊のノートに書き抜いて、「わが愛誦句集」を作るのもたいへん勉強になる。「書く」という行為は、「読む」ことよりはるかに記憶に役立つし、もう一方、二年後三年後に「わが愛誦句集」を読みかえしてみると、大した作品ではなかった、と思える句も出てくる。そう思うことによって、自分の鑑賞眼が高まったことを確認できるわけである。

最後に、手前みそになるが、本書を読んで私の指導法に共感した人には、

・『新版　新実作俳句入門』（藤田湘子著　KADOKAWA）
・『俳句作法入門』（藤田湘子著　KADOKAWA）
・『男の俳句、女の俳句』（藤田湘子著　KADOKAWA）

をおすすめしたい。この本は作句歴三年〜十年くらいの作者を対象にしたもの。本書ではふれ得なかった「実作のポイント」「作句のテクニック」を中心にしている。

③については気のすすまぬ人があるかと思う。自分はひとりでこつこつと作り、日記の端にでもその日の作品を書いておけばいい。あるいは、新聞や雑誌の俳句欄に投稿したい、それだけでいい、と考えている人もいるかもしれない。

しかし、私の考えは、どこへ投稿するのも、また自分だけでたのしむにしても、一句を作る努力はみんな同じ。それならよりレベルの高い道を選んで、俳句の専門誌に投稿するほうがずっとたのしい、と思う。専門誌と言うといかめしいが、なあにその

中にはいってしまえば、あなたと力の差のない作者がいっぱいいて、老若男女それぞれに作句をたのしんでいる。心配することはない。そのうえ、初対面の人がたちまち旧知のような間柄(あいだがら)になれるから、あなたも思いがけぬ人と知り合い、ともに俳句のあれこれを語り合うことができる。

俳句の専門誌を選ぶには、次の年鑑で調べるとよいだろう。

・「俳句年鑑」(KADOKAWA)

・「俳壇年鑑」(本阿弥書店)

これらは年一回、年末か四月ごろ発行される。それを読んでこれはと思う俳人の主宰する雑誌をいくつか選定し、発行所に見本誌を請求して見くらべる方法がよかろう。誌代はだいたい一ヵ月五百円から千五百円、それに見合う金額の切手を同封して見本誌を請求するのがエチケット。

あなたも今からすぐ、「俳人」への道にすすむことを期待してやまない。

あとがき

俳句をまったく知らぬ人が、俳句を作る、あるいは俳句を作れるようになるには、さまざまな入り口があり過程がある。

この『20週俳句入門』は、藤田湘子という一俳人の示した入り口であり過程であるが、机上で案出したものではない。すべて十余年にわたる実作指導の経験から割りだしたものであって、初学指導にはこの方法が最適だという自信を、つよくもっている。短期間の実作入門だから、言いのこしたことは多々あるが、一方では、必要最小限の重要なポイントは、しっかり記述したつもりである。

もし、さらに俳句修練の諸相を知りたいと思われる方は、私の『実作俳句入門』を読まれることをおすすめする。じつは本書は、『実作俳句入門』と連繋して、「俳句を知る」「俳句を作る」「俳句に熟達する」という過程を考えて書いたものであることを、付記しておきたい。

前著同様、立風書房宗田安正氏の励ましによって本書は成った。しるして謝意を表する次第である。

昭和六十三年仲秋

藤田　湘子

＊

本書の旧版『20週俳句入門』はおかげさまで多くの方に読まれ、十数年間、版を重ねてきました。このたび版元からの要請もあり、古くなったデータを現在のものに一新、作品例の一部も新しい作家の作品に入れ替え、『新20週俳句入門』として再刊することになりました。姉妹版『実作俳句入門』も同様に『新実作俳句入門』として新しくなりました。これからも本書が、読者のお役に立つことができれば幸甚です。

平成十二年五月

藤田　湘子

文庫版解説

小川　軽舟

本書『20週俳句入門』の最初の版が世に出たのは一九八八年。昭和の時代から今日まで、画期的な俳句入門書としての定評は変わることがない。毎年たくさんの俳句入門書が出版されるが、これほどのロングセラーになるものはめずらしい。それはひとえに、藤田湘子の考案した指導方法がきわめて具体的、実践的であること、そして本格的な俳句をめざしながら即効性があることによる。

本書の指導方法の最大の特色は、「型」の習得によって俳句を学ばせることにある。何かの稽古事、例えば茶道を始める場合を想像してみよう。茶道を初めて学ぶ人が茶室に入り、まずは自由に茶を点ててご覧なさいと言われたらどうなるか。手も足も出ないか、まったくの無茶苦茶をするかのどちらかだろう。師匠の指導の下で点前の基本を繰り返し、型が身について初めて茶道らしい恰好がついてくる。

俳句は文学なのだから稽古事とは違うと言われるかもしれない。しかし、たった五七五の言葉が詩としての魅力を持つものになるためには、先人たちが工夫を重ねてきたさまざまな表現の技法が欠かせない。小説や自由詩と違って、俳句にはペンを執って書き出す前に習うべきことが多いのだ。文学でありながら稽古事に近い性格が俳句にはある。

湘子は本書で「型・その1」から「型・その4」までの四つの型を呈示する。ありとあらゆる俳句表現の中からこの四つの型を抽出したことは、俳句指導者としての湘子の真骨頂と言えるだろう。四つの型は俳句表現の重要な要素である「切字」と結びついている。読者は四つの型の実作を通して、最も基本的な切字である「や」「かな」「けり」の使い方をマスターできる。

そして本書のユニークなのは、この四つの型によって初心者にいきなり「配合」(「取り合わせ」とも呼ぶ)による俳句の作り方を実践させる点である。本書にも記されている通り、俳句には大別して「一物」の句と「配合」の句がある。配合の手法は、俳句の初心者には難しいとされてきた。本書の「型・その1」の例句にも挙げられている次の作品を見てみよう。

紅梅や病臥に果つる二十代　古賀まり子

「病臥に果つる二十代」とは病気で寝込んだまま二十代が終ってしまうということ。まり子は肺結核だった。それに対して、冒頭の五音（上五と呼ぶ）には季語の紅梅と切字の「や」が置かれている。「紅梅や」とそれに続く「病臥に果つる二十代」の間を意味でつなげる言葉はない。これが典型的な配合の作り方である。

配合の句では、配合された部分の関係を読者が想像力を働かせて読む。主人公の病床から庭の紅梅が見えると想像してもよいだろう。さらには、この紅梅が病気にならなければ輝かしかったはずの主人公の青春を象徴していると思ってもよい。俳句は読者の想像力を引き出すことによって、短い言葉の中に豊かな内容を持つことができる。

本書の指導は、四つの型に読者自身の経験した内容と季語をパズルのように当てはめていくことによって、配合による俳句の作り方を覚えさせようというものである。読者は知らず知らずのうちに、五七五の十七音からなる俳句形式の基本的な構造を理解し、切字の使い方を覚え、俳句における季語の働きを知ることになる。

先に挙げた茶道の例のように、これから俳句を始める人に、さあ、季語と五七五で自由に作ってみようと言ってみても、成果は期待しにくい。それは、湘子自身がいやというほど味わったことに違いない。どうすれば初心者でも俳句らしい俳句が作れるようになるのか。湘子が長年の俳句指導を経て到達した答が、本書に示された四つの型による実作というメソッドなのである。

型というと堅苦しく聞こえるかもしれないが、実際には型があることによってかえって自由な発想ができるようになるところが、俳句の楽しさ、おもしろさだ。湘子は教え子に型をマスターさせたうえで、「発想には型はない」と言って励ました。どんな発想でも型がそれを受け止めて俳句にしてくれるのだ。

俳句表現の可能性は無限にある。型にはまらない新しい表現を自由にめざすことも俳句の進化のためには必要だ。しかし、基本の身についていない自由ほど自己満足だけの結果に陥りやすいものはない。茶道において型を体得した者が初めて自由の境地に到るように、俳句も型を習得してこそ、その型から自由になれる。

数多（あまた）の俳句入門書の中から本書を手にした読者は、それだけでもう幸先のよいスタートを切ったと言える。あとは湘子の教えをしっかり受け止め、四つの型による実作を重ねるのみ。気づいた時には、俳句の魅力のとりこになり、今までとは世界の見え方が違ってくるだろう。その時、これからの人生に新しい風が吹きぬけるのを感じることができるはずだ。

（おがわ・けいしゅう　俳人）

【今週の暗誦句一覧】

◎第1週（26頁）

遠山に日の当りたる枯野かな　高浜虚子

桐一葉日当りながら落ちにけり

一つ根に離れ浮く葉や春の水

鎌倉を驚かしたる余寒あり

◎第2週（38頁）

春寒やぶつかり歩く盲犬　村上鬼城

残雪やごうごうと吹く松の風

冬蜂の死にどころなく歩きけり

けふの月馬も夜道を好みけり

◎第3週（46頁）

かりそめに燈籠おくや草の中　飯田蛇笏
鈴おとのかすかにひびく日傘かな
をりとりてはらりとおもきすすきかな
秋たつや川瀬にまじる風の音

◎第4週（57頁）

頂上や殊に野菊の吹かれ居り　原石鼎
蔓踏んで一山の露動きけり
秋風や模様のちがふ皿二つ
短日の梢微塵にくれにけり

◎第5週（70頁）

雪解川名山けづる響かな　前田普羅
うしろより初雪ふれり夜の町
奥白根かの世の雪をかゞやかす
駒ケ嶽凍てゝ巌を落しけり

◎第6週（82頁）

啄木鳥や落葉をいそぐ牧の木々　水原秋桜子
夕東風や海の船ゐる隅田川
ふるさとの沼のにほひや蛇苺
むさしの空真青なる落葉かな

◎第7週（95頁）

庭すこし踏みて元日暮れにけり　渡辺水巴
珠数屋から母に別れて春日かな

ぬかるみに夜風ひろごる朧かな
月見草離れ〳〵に夜明けたり

◎第8週（112頁）

鱚釣りや青垣なせる陸の山　　山口　誓子
匙なめて童たのしも夏氷
美き雲にいかづちのゐるキャムプかな
捕鯨船嗄れたる汽笛をならしけり

◎第9週（124頁）

さみだれのあまだればかり浮御堂　　阿波野青畝
探梅やみさゝぎどころたもとほり
葛城の山懐に寝釈迦かな
うつくしき芦火一つや暮の原

◎第10週（137頁）

神田川祭の中をながれけり　久保田万太郎

竹馬やいろはにほへとちりぐに

おもふさま降りてあがりし祭かな

パンにバタたつぷりつけて春惜む

◎第11週（149頁）

朝顔の双葉のどこか濡れゐたる　高野素十

翅わつててんたう虫の飛びいづる

まつすぐの道に出でけり秋の暮

づかぐと来て踊子にさゝやける

◎第12週（162頁）

春の灯や女は持たぬのどぼとけ　日野草城

ところてん煙のごとく沈みをり

花衣ぬぐやまつはる紐いろ〳〵　杉田久女
谺して山ほととぎすほしいまゝ

◎第13週（176頁）

みちのくの伊達の郡の春田かな　富安風生
螢火や山のやうなる百姓家
実朝の歌ちらと見ゆ日記買ふ　山口青邨
祖母山も傾山も夕立かな

◎第14週（189頁）

玫瑰や今も沖には未来あり　中村草田男
蜥蜴の尾鋼鉄光りや誕生日
蜩のなき代りしははるかかな
冬の水一枝の影も欺かず

◎第15週（202頁）

初蝶やわが三十の袖袂　石田波郷
遠足や出羽の童に出羽の山
葛咲くや嬬恋村の字いくつ
蓼科は被く雲かも冬隣

◎第16週（216頁）

渋柿の滅法生りし愚さよ　松本たかし
芥子咲けばまぬがれがたく病みにけり
金剛の露ひとつぶや石の上　川端茅舎
ひら〳〵と月光降りぬ貝割菜

◎第17週（229頁）

天の川鷹は飼はれて眠りをり　加藤楸邨
鮟鱇の骨まで凍てゝぶちきらる

中年や独語おどろく冬の坂　西東三鬼
中年や遠くみのれる夜の桃

◎第18週（242頁）

曇り来し昆布干場の野菊かな　橋本多佳子
七夕や髪ぬれしまま人に逢ふ
夏痩せて嫌ひなものは嫌ひなり　三橋鷹女
薄紅葉恋人ならば烏帽子で来

◎第19週（256頁）

吹かれきし野分の蜂にさゝれたり　星野立子
大仏の冬日は山に移りけり
梅干して人は日蔭にかくれけり　中村汀女
晩涼や運河の波のややあらく

【掲載句一覧】（作者五十音順）

＊句の下の数字は掲載頁を示す

◎沢木欣一（さわき・きんいち）
寒明けの波止場に磨く旅の靴　30

◎芝　不器男（しば・ふきお）
うちまもる母のまろ寝や法師蟬　150
ふるさとを去ぬ日来向ふ芙蓉かな　190

◎澁谷　道（しぶや・みち）
ひでり野を孔雀は飛ばず走るなり　244

◎篠田悌二郎（しのだ・ていじろう）
旅なれやひろひて捨つる栗拾ふ　91

◎篠原温亭（しのはら・おんてい）
雑魚散つて如月田圃澄めるかな　93

◎島谷征良（しまたに・せいろう）
みづからの花影のうちを枝垂れけり　224

◎杉田久女（すぎた・ひさじょ）
花衣ぬぐやまつはる紐いろ〳〵　63 162
谺して山ほととぎすほしいまゝ　162

◎鈴木榮子（すずき・えいこ）
水鉄砲にも引金のありにけり　223

◎鈴木鷹夫（すずき・たかお）
松茸の椀のつつつと動きけり　223

◎鈴木真砂女（すずき・まさじょ）
夏帯や泣かぬ女となりて老ゆ　126

◎山口誓子（やまぐち・せいし）

鱚釣りや青垣なせる陸の山　112
匙なめて童たのしも夏氷　112
美き雲にいかづちのゐるキャムプかな　112
捕鯨船嗄れたる汽笛をならしけり　112
桐咲けり天守に靴の音あゆむ　139
炎天の遠き帆やわがこころの帆　185

◎山口青邨（やまぐち・せいそん）

みちのくの淋代の浜若布寄す　60
実朝の歌ちらと見ゆ日記買ふ　176
祖母山も傾山も夕立かな　176
羅の下きびしくも縛したり　245

◎百合山羽公（ゆりやま・うこう）

道ばたの家に初冨士聳えけり　224

◎渡辺水巴（わたなべ・すいは）

五月雨や蕗浸しある山の湖　91 93 101
庭すこし踏みて元日暮れにけり　95 204
珠数屋から母に別れて春日かな　95
ぬかるみに夜風ひろごる朧かな　95
月見草離れ〴〵に夜明けたり　95
寄せ書の灯を吹く風や雨蛙　150

本書は二〇一〇年四月に角川俳句ライブラリーから刊行された単行本を文庫化したものです。文庫化にあたり、解説および「今週の暗誦句一覧」「掲載句一覧」を追加しました。

20週俳句入門

藤田湘子

令和4年 4月25日 初版発行
令和6年 10月25日 12版発行

発行者●山下直久

発行●株式会社KADOKAWA
〒102-8177 東京都千代田区富士見2-13-3
電話 0570-002-301(ナビダイヤル)

角川文庫 23163

印刷所●株式会社KADOKAWA
製本所●株式会社KADOKAWA

表紙画●和田三造

●お問い合わせ
https://www.kadokawa.co.jp/（「お問い合わせ」へお進みください）
※内容によっては、お答えできない場合があります。
※サポートは日本国内のみとさせていただきます。
※Japanese text only

ISBN 978-4-04-400700-3 C0192

角川文庫発刊に際して

角川源義

第二次世界大戦の敗北は、軍事力の敗北であった以上に、私たちの若い文化力の敗退であった。私たちの文化が戦争に対して如何に無力であり、単なるあだ花に過ぎなかったかを、私たちは身を以て体験し痛感した。西洋近代文化の摂取にとって、明治以後八十年の歳月は決して短かすぎたとは言えない。にもかかわらず、近代文化の伝統を確立し、自由な批判と柔軟な良識に富む文化層として自らを形成することに私たちは失敗して来た。そしてこれは、各層への文化の普及滲透を任務とする出版人の責任でもあった。

一九四五年以来、私たちは再び振出しに戻り、第一歩から踏み出すことを余儀なくされた。これは大きな不幸ではあるが、反面、これまでの混沌・未熟・歪曲の中にあった我が国の文化に秩序と確たる基礎を齎らすためには絶好の機会でもある。角川書店は、このような祖国の文化的危機にあたり、微力をも顧みず再建の礎石たるべき抱負と決意とをもって出発したが、ここに創立以来の念願を果すべく角川文庫を発刊する。これまで刊行されたあらゆる全集叢書文庫類の長所と短所とを検討し、古今東西の不朽の典籍を、良心的編集のもとに、廉価に、そして書架にふさわしい美本として、多くのひとびとに提供しようとする。しかし私たちは徒らに百科全書的な知識のジレッタントを作ることを目的とせず、あくまで祖国の文化に秩序と再建への道を示し、この文庫を角川書店の栄ある事業として、今後永久に継続発展せしめ、学芸と教養との殿堂として大成せんことを期したい。多くの読書子の愛情ある忠言と支持とによって、この希望と抱負とを完遂せしめられんことを願う。

一九四九年五月三日